主编　凌翔　　　　　　　　　　当代作家精品·散文卷

人在画中走，蝶在花间飞

施柿　著

天津出版传媒集团
天津人民出版社

图书在版编目 (CIP) 数据

人在画中走，蝶在花间飞/施柿著.－－天津：天津人民出版社，2023.1
（当代作家精品/凌翔主编.散文卷）
ISBN 978-7-201-19079-2

Ⅰ.①人… Ⅱ.①施… Ⅲ.①散文集－中国－当代 Ⅳ.①I267

中国版本图书馆 CIP 数据核字（2022）第 239148 号

人在画中走，蝶在花间飞
REN ZAI HUAZHONG ZOU, DIE ZAI HUAJIAN FEI

出　　版	天津人民出版社
出 版 人	刘　庆
地　　址	天津市和平区西康路 35 号康岳大厦
邮政编码	300051
邮购电话	（022）23332469
电子信箱	reader@tjrmcbs.com

责任编辑	岳　勇
封面设计	邓小林
主编邮箱	jfjb-lx2007@163.com

印　　刷	三河市金元印装有限公司
经　　销	新华书店
开　　本	710 毫米 × 1000 毫米　1/16
印　　张	13
字　　数	200 千字
版次印次	2023 年 1 月第 1 版　2023 年 1 月第 1 次印刷
定　　价	49.80 元

版权所有　侵权必究
图书如出现印装质量问题，请致电联系调换（022-23332469）

自序　不期而遇，却如此美

我是天空里的一片云，
偶尔投映在你的波心——
你不必讶异，
更无须欢喜——
在转瞬间消灭了踪影。
你我相逢在黑夜的海上，
你有你的，我有我的，方向；
你记得也好，
最好你忘掉，
在这交会时互放的光亮！

——徐志摩《偶然》

淳朴最是劳动人（9月17日）

早晨上班，穿过那丛夹竹桃时，见到一个保洁的大婶坐在小木桥上休憩，头上戴着草帽，身旁放着扫帚和畚箕。

见到我经过，她先羞涩地对着我笑笑。我主动和她打招呼。"歇歇的啊？"她用毛巾擦一把脸答道："嗯，歇一会儿。"接着便大声问候我："上班啊？"

"嗯，是的哩！"我用骄傲而愉悦的语气回应她。

人已走远了，身后还回响着她爽朗的笑声，心头不由感喟：她真容易快乐啊！

最是淳朴劳动人，笑声，点亮了九月的早晨。

蒲公英的作用（10月9日）

清晨上班路上，还是喜欢从小区内的小径穿林而过。

走到近木桥处的林子时，见两位大妈弯着腰，一会儿蹲到这里，一会儿蹲到那里，手里执一把小铲刀，挑着一棵棵的绿色植物，离她们不远处，有一只竹篮，里面已经装满了她们挑的那种植物。

"你们干什么呀？"我好奇地问她们。

"哦，我们挑蒲公英。"

"挑这个干嘛呀？"

"泡茶喝呀，可以消炎的。"

"晒干了，然后直接用开水泡吗？"

"对呀！"

两个大妈开心地、快乐地挑着蒲公英，也笑容满面地应答着我的问题。

我对这个忽然产生了浓厚的兴趣，如果我也挑点蒲公英回去，坚持喝一段时间的茶，是不是体内外肤就没有任何炎症了呢？

这倒是个新发现。

"哎哟，你们可别全挑干净了，留点给我周日来挑呀！"

不由觉得那两个大妈，像是古代挖草药的，有了点历史的底蕴、文化的况味哩。

不认路的女孩（10月22日）

晨，上班，沿着那条南北向、两旁长满白果树的大路慢行。由此向北，走到尽头时，就可以拐进林间小石径。

走到路岔口，这时一个女孩走过来。大高个，披长发，大约二十二三岁模样。她看着好似无路可走了，就犹豫着、怯怯地问我："怎么走出去啊？"

我指着林中的小路说："就从这里走呀。"她便跟着我走。走到那座小木桥时，见小木桥掩藏在森森的夹竹桃里，女孩感叹："这路怎么这么隐蔽啊。"

女孩人高腿长，比我走得快，我感觉带路不适宜，有种压迫感，便让过一边，示意她上前，并告诉她一直向前，就可以走到了。女孩大概也意识到这份尴尬，就真的走到了我前面。但看得出来，仍走得犹犹豫豫的，不时回头看我，像只依赖人的小猫咪。而我，可顾不了她，因为我喜欢慢走，在这密林里深呼吸，享受林深鸟鸣的清幽与寂静。

又走至前面一岔路口时，女孩转身看我，那意思是：我向哪里呢？我给她指了向大路方向的小径，然后，她在我的视线里消失了。我则继续沿着小路，走在森而幽的石径上，穿林向前……

看来，只有熟悉这个地方，才可以享受它特有的景致，领略它的至美，否则，就只能顾着匆匆地、惶惑地寻路了！

怡然自乐的祖孙俩（10月23日）

早晨，温和的阳光，闪烁着淡金色的光芒。

走至一丛绿竹边，是一片低矮的草地。草已有些微衰，泛出些许黄色来。草丛中，间杂着一些野花，稀稀疏疏的，在晨风中摇曳。

大路上，站着一位五十多岁的女人，手中拎着个金线绣花的精致小包。草丛里，一个小女孩，大概五岁左右，半蹲着，在拨弄着草和花。

一会儿，她仰起头，对着那个女人笑起来，阳光斜斜地照在她小小的脸上。她把手里拽的几根狗尾巴草向上伸着，说道："奶奶，给你。"那个女人便也笑起来，温和地、慈爱地、极有耐心地、假嗔地，说道："我不要，奶奶要草干什么呀？"

我不免感喟，无忧的孩童，对什么都充满好奇！这世上的一花一草，都让她快乐无比。而这个女人，亦满脸的淡定、安好，沉浸于含饴弄孙的晚景。

好一幅祖孙同乐图，恬静的、祥和的早晨，闪烁着金色光芒的早晨！

……

这些不经意相遇的人与景，是我波心上美丽的云；交会时的光亮，亦诗意化了我平凡的岁月。

目 录

第一辑　原野的风，飘荡麦苗的清香

在水之湄，有座村庄　002
雨日回幸福村　006
栀子花开　009
梨中岁月长　014
回乡过年，大年初一这一天　016
一日看遍东台景　020
星星有什么好看的　023
幸福的菜花真好看　026
大自然的馈赠　029
"五一"小长假，这种旅游也很有意思　032
有一种放假叫回家秋播　035
不能去旅游的人假期什么感觉　038
放假了，回家咯　040

秋日小语，什么样的生活都美　042
吾心安处是故乡　044
周末回乡干一场农活，幸福不亚于一次旅游　046
清早，乡野百草识不尽　048
车行冬雾中　051
回家的假期总嫌短　054
美哉，一院花草　056

第二辑　城外的足音，踏响欢乐的笑语

溱潼古镇的街市　060
樱花开时，你一定要抓紧时间去看　062
漫步花花世界　064
春色将尽，花事已了　066
不妨长作甘港人　068
漫天的樱花雾　070
陌上花开，可缓缓归　072
菜花十里不及你　074
富到让人发呆的村子　078
为什么要去看大海　080

第三辑　脚下的花草，摇曳念家的思绪

像花儿一样绽放　084
与一位老保姆和一名婴儿的搭讪　086
市外桃源　089
人的美，不能像树木花草一样去了又回　092
顽强的仙人掌　095
走走遇见了会笑的世界　097
绿荫寂寂夏日长　099
湖边的天伦之乐　102
桂花已落尽，我还记着你　104
雪中的世界　108
送雪归去　111
雪，去去又回首　113

五月蔷薇香　115
春来百花开，朵朵旧曾谙　118
倾城为雪狂　120
生活的奖赏　123
觉得生活没意思，换条路回家试试　126
色与香的季节　129
误入欧洲风情街，惊见一片异世界　131
十五的月亮十六圆　136
做个小妖也快乐　138

第四辑　厨房的烟气，缭绕故乡的味道

办公室的美食　142
紫薇花开季的早点　144
新鲜菱角谁先尝　147
处处菊花开　149
餐厅里的变脸　151
初冬，花有故事叶有情　153
外地妹子开的小饭店　156
八十六岁老妈妈要请客　158
想吃木桶泥炉烧饼不得　161
美食的周末　163
摘橘子，掐豌豆头　165

03

第五辑　远方的山水，激扬久别重逢的欣喜

　　孔圣文化粗印象　170
　　满城女孩叫"翠翠"　173
　　天门山的刺激之旅　175
　　张家界：千姿百秀有奇峰　178
　　夏日捕鱼乐　180
　吃在山东：丰盛的大盘菜，有一点震撼！　182
　　她说，窑湾我以前真小看它了　184
　　雨中徒步神仙居　186
　　走过公盂岩的那条山间小道　188
　　四月山东：故事无人听，山花勾人魂　191
　　竹泉村的竹，红石寨的酒　193
　　走，看李中水上森林公园去　196

第一辑　原野的风，飘荡麦苗的清香

在水之湄，有座村庄

1

九月，天气晴朗，上午十点左右的阳光，和此刻的水稻一样，呈现出既明媚又柔和的金黄色，恰好的颜色，让人心里也亮亮地闪着光的欢喜。

到青蒲庄子的前面走了走，空气里到处洋溢着黄豆的香气、稻穗的香气，闻一闻，五脏六腑都酥了、甜了、醉了。

正是黄豆的收割季节，路两边、桥上，都铺晒着黄豆秸秆。人们在翻晒黄豆、打黄豆、扬黄豆。有叫拿连杆的，有叫拿笤帚的，也有为了抢晒场而发生争执的。

大路上不停地有三轮车飞快地从路上开过，那是去农田干活的庄上人。有大卡车轰隆隆开过，那是在运输庄子里人家生产的工业产品。有小汽车开过，那是在外工作的人，来去家乡……

庄子上的厂房里，不时发出操作加工产品的机器声。向南的大路两旁，除了个人家庭小工厂，新增了不少规模大些的公司厂房。

厂房外围就是农田。厂房里散发出生产正忙的气氛，厂房外农作物散发出浓浓的香气……

门外院内，不时有小孩奔跑嬉闹发出的快乐声音传送过来。

新公司面积不小的厂房与漂亮的民家别墅相杂。门前屋角的秋花开得正欢腾，韭菜花儿开得也欢腾。

这样亦工亦农的大环境，既有宏大的气势，也有精致的浪漫情调。既让人羡慕它的豪华富丽，也让人享受到它的朴素田园之风。

怪不得人们常说，要多出去走走，增长见识，开阔眼界。真是的，在不同的情境下，人的心思和想法是不一样的。

此刻的我忽然就想，如果先生看到这些情况，他会不会想要离开现在的公司，回来自己干点什么，也能拥有这地方的天高地阔，听着厂房里机声隆隆，看着各色花儿开得鲜艳，闻着农作物疗养人的清香。

不在这个环境中，是不会有这样的认识和驱动力的。果然，当我和先生说，你是不是也回来，盖个大厂房，搞搞生产加工什么的。他直接一句："你想当然！"也太简洁了！

2

下午天色阴，我又趁着这恰好的天光去庄子前后转转。这一转，再度为庄子人家的富裕、祥和的日子所陶醉。

接着上午走到的地方，继续东行。

眼前是一座白色栏杆的拱桥。桥东南边，正在新建厂房。前后占地好几十亩。我为拔地而起的厂房高兴，它将会给村庄带来税收，让老百姓更富裕。

所到之处，总体感受是，住房越建越大，厂房越建越多，但令我感到惋惜的是，农田越来越少了。

眼下还好,看到的自然是最美的景色。因为有厂房带来的生机勃勃,有农田带来的田园风光,有富裕带来的吉祥欢乐。只是希望,那些宝贵的农田不要再减少了。如果再把田地变成厂房,这里就和城里没什么区别,完全失去了它原有的风貌。

走到青二村的别墅区。这里人家本来就多是枕河而居,别墅区自然建在河边。河东是新别墅区,河西是人家原来的居住区。我还是喜欢原来房子明亮的颜色,红的屋顶,青色、粉色、淡黄色、浅绿色的墙。不像这个新的别墅区,清一色的灰黑色。

继续走进老巷子,再次为这种居住风格的美所吸引。人家房子,有的已经建有十多年,依然显出高门大户的豪华气派。不少房子,华丽得可以入画。

由于人家住得密集,因此不少人家开了商店。卖生活日用百货,也卖蔬菜瓜果。

老居住区,由于地盘的局限,没能够扩展开来。沿河、沿大路边而居的人家、在农田里新建的人家,都把房子向外延展,建起厂房。

走在村子里,扑面而来的,是家家开工厂,户户机器响。不少厂房,看过去是机器,而那头的窗户、或者未封闭处,便见到如画的农田。

别看田地少,可是走到哪儿,都见到人家在打黄豆。空地上、墙根脚,全是铺的、支起的黄豆秸秆。我就想,主要的田地用来长水稻,黄豆一般长在田头、河边,怎么还有这么多黄豆啊,好像这个地方普遍种植黄豆似的。

3

次日上午,再次到庄上走走。

"庄上",是庄子里人的口头语,也即街市。由于本地人都集中住,因此在老庄子中心区域，自然形成了贸易市场。

出发时，已经是上午九点多。婆婆说，这个时候，庄上没有人，最是早晨和下午下班的时候人多。

这也是村庄"庄上"的特点吧。早晨人家去买早点、买菜，下班时顺便再拢那儿买晚饭要到的用品，然后白天的时候，下田的下田，厂里上班的上班，自然会空街了。

有昨天走过相对开阔的田头，见了住得相对宽松的新别墅区、新建厂房，一走进庄上，便觉得房子略显老旧、拥挤、也复杂些。

庄上老房子相对多一点，虽然也夹杂了新建的别墅，毕竟原来的地盘都被占了，没法拓展开，因此有都紧紧地"被夹在中间"的感觉。

有的房子还特别老，仍然是雕花的木门、木窗。小青瓦的房子不少。特别是原来作为小店、小卖部的房子，没作多大的改建，基本还是旧日模样。

不少人家，架在河上、或者填河建起了厂房，新增几户似是搞螺丝加工，每家都有三四台小型机器，一人负责一台，坐着操作，拉住操作杆压下、切割。我看到一个人家，厂房里，女的在择菜，男的在切螺丝，典型的亦农亦工的家庭。

商店里此时进出的人确实不多，因此，店主要么坐着闲谈，要么在整理货物，要么在擦橱窗。

街面上的石板从庄上西头一直铺到东头，总在一公里左右。我后来回家问婆婆，过去的青石板也是铺到这么长的吗？婆婆说是的，直到安装自来水时才没了的，可能被人家拿回家做屋基或脚踏了。

我惋惜地说，要是我家当时拿一块青石板回来，现在可发财了。据传，那可是明朝的青石板呀！

雨日回幸福村

  这周差点回不了乡间，这不，说东台疫情这两天成了重灾区，连我家大哥都被封在家中。表姐夫在大丰，也在群里发信息，说不允许他周末回家，否则，要隔离六天。
  我们心想，看来也不能回家了，高速出口一定会把我们拦住的吧。
  上午在家，一直在转悠，不知道干什么，因为周末回乡习惯了，一下子不回乡，就变得六神无主了。
  就这么觉得不能回、在家乱转的短时间内，那些周末回乡，陪爸爸打牌、和爸妈一起围坐吃饭、与邻居拉家常的时光，忽然变得特别温馨起来，特别叫人怀想。
  倒是先生忍不住先提议，回家吧。好！我立即响应。
  我们到家，妈妈吓了一跳，你们怎么不打个电话回来。妈妈说这话是有她的考虑的，因为她已经煮了晚饭，没有我们的份。而且爸妈的晚饭，就是一锅白米粥，而我们在家，是要烧两个菜的。
  今天又下雨，田里烂，蔬菜是不能去弄回来吃了，荤菜又都在冰箱里冻得结结实实的，一时哪里化得开。

　　说这话时，外面不过三点钟，爸妈就已经煮晚饭了。老两口在家有什么事呢，平时还能到田地里干些活儿，这下雨天，就只能早早地吃了晚饭，上床睡觉。

　　另一方面，也是实在爸妈太老了，老得我看着他们，心里都不踏实，像是在走钢丝一般地叫我害怕。

　　今天我在家翻看到我妈五十多岁时的照片，就那时，她还个子高挑，腰杆挺直，很有精气神，可现在，佝偻着腰的小老太，让人感觉，走个路，风一吹，就会跌倒。

　　由此，我也想到自己，也会一日日老去，会变成小老太，然后离开，哎哟，不可想象！算了，不想了，还是努力过好眼下吧。说实在的，在这方面想下去，会觉得眼前的一切毫无意义，让心情低落、暗淡。但也有一个好处，就是觉得，活着，什么也不必去计较，成败得失不需放在心上。日日安好，便是最好的人生。

　　走进我们家的"客厅"，我爸、表姐、两位邻居，正在打牌。估计雨天，他们就会享受到这份闲情。表姐也是考虑雨天，我爸年纪大了，可别路滑跌倒了，因此把打牌放在我家。

　　我们习惯性地把行李放到"客厅"，可能打牌的人觉得影响到我们，一会儿后，他们就散了，回家。

　　我们买了一条好香烟带给我妈。我妈嘴上说，不要，不要，而当我建议她可以把这好香烟，拿到村里小店里，多换相对便宜的烟抽时，我妈赶紧说，不要换，我能抽几根。

　　一会儿，邻居嬷嬷过来，她也抽烟。我妈妈一边给她拿烟，一边就指着桌上那条烟，得意地说，我家孩儿带这么好的烟给我抽。原来，她是要留着这个香烟在邻居面前显摆啊。

　　我到门前田地边看看，稻子上周就收了，但是麦子还没种进去。原来，人家来耕田时，机器坏了，又下雨，因此停住。这边的田，比我婆婆那边的田，都晚了半月多耕种。那边上周我回去时看到，麦苗已长得绿葱葱的了。

妈妈在身后叫我，你回家啊，不要在雨里淋，把身上都淋湿了。后来我在院子里晃悠，妈妈又在我身后叫，你不要在这里晃啊晃的，要是滑倒了怎么办。院子里先前堆了红豆秸秆和山芋的，水泥地面上落了些泥土，下雨天，走上去，容易滑倒，妈妈不放心我，所以一再地在我身后叫我。

我妈妈八十多岁的人，还把我当个小孩一样，为我担心，对我叮咛。当妈妈在身后不停地叫我时，爸爸就戏笑着说，你要听你妈的。

我是幸福的，有高龄的父母关爱着我。然而他们双双风烛残年、老态龙钟的样子，到底是我的心病。

我爸就对我说，他肋骨那里的瘤长上去些了。我就问他疼吗。他说，有时好像隐隐地疼。我就安慰他，不疼不痒的，你就当它不存在，忘了它，不管它。

妈妈就在一旁帮腔说，老大（我的大哥）不是说了吗，他丈人开了刀，还能多活几年。爸就不说话了。

老人到了这个岁数，有什么情况，也是以静养、保守治疗为好吧。

唉，我心里说不出的感觉，心情有些落了下去。

啊，顺其自然吧，人生就是这样，一场逆旅！从现在开始，注意过好每一天吧。好好吃饭，好好锻炼，好好地开心。

后来，妈妈把冰箱里冻的海鱼拿出来煮了，先生又拿出一只烤鸡蒸了，这样，晚饭时，我终于享受到了上午心心念的"与爸妈围坐吃饭、聊天！"

栀子花开

　　早晨从小区里穿过，突然被一丛高过人头的、树梢的朵朵白花吸引。那花质地像白绢一样柔，又似羊脂玉一样润，又似打过蜡一样滑，还似被橘色的灯光照着一样的亮。

　　我忍不住走到花树下，小心避免踩着脚下的草和作物，近前去对着花儿拍照。顶部的数朵花已然盛开，侧边有一两朵半开，更多的还只是绿蜡一般的花骨朵儿。

　　眼角的余光瞥见人家屋里似乎有人注意到我在拍他家的花，站定了看我。

　　一会儿，一位应该是《遇仙记》里的"秋翁"的人走出来，笑着对我说："本来开了好多，都被摘掉了。"又指着我的对面说："这边有不少，你来拍。"

　　我本来觉得很不好意思，怕自己拍照弄坏了他门前这块小花圃的其它花草。现在见他这么热情，毫不介意我的擅自"闯入"，便大胆地走了过去，可劲儿地拍了起来。

清香扑鼻，直透肺腑，整个人立即神儿清，气儿爽，精神了不止十倍。

临走时，"秋翁"执意要我摘花带走，我便真的欢欢喜喜地摘了未曾全放但开得恰好的一朵。都说"花看半开"，我觉得这朵花，不仅有洁白的美，有提神醒脑的香，还绽放着无限的神韵。

到了办公室，我用一杯水，把栀子花养在里面。整个办公室里都透着好闻的栀子花香。

想起我有个小姑奶奶，家有华堂，还有一个大大的院子。她特别喜欢长花草，尤其喜欢长栀子树。她在院子里长了两棵。每到栀子花开的季节，满院的花香飘荡，连邻居家的院子里也充满了香气。然后，小姑奶奶便摘了花儿，送给邻居，送给附近的亲戚家。人们喜欢栀子花，大概就是喜欢它的色泽美、形态美、香得美、神韵美。感觉栀子花的好看，是由一种内在的精神美，通过花的形、色、质和香传递出来的。

小时候，村里有个叫栀子的女孩，人如其名，就像栀子花一样美。

栀子在家中是长姐，下面还有两个弟弟，一个妹妹。栀子虽然长在农村，却生长得灵秀白净眼睛大。尤其那长长的睫毛，在眼睑处投下的影，就像欲开未开的栀子花瓣边缘那一抹淡淡的绿一样，更添万种神韵，妙不可言。

栀子九岁那年，她爸骑着车去镇上，经过一座木桥，把一块坏掉的木板压得一头跷起来，木板掉到河下，她爸连人带车也掉了下去……三年后，没法养活他们姐弟四个的妈妈，某天出门后，也再没有回来。

当天晚上，漆黑的茅草屋，像一串葡萄一般大小差不多的兄妹四人，抱着一团，哭了半夜，直到三个弟弟妹妹累得睡去。栀子一个人在黑暗中静下来，想象瘦得跟一根柴一样的妈妈，把她紧紧地搂在胸前说："栀子啊，你是姐姐，要照顾好弟弟和妹妹，妈妈要出门一些日子……"

以后，栀子姐弟四人，就成了农村那广袤田野里最小的一群农民。

村里人照顾着这四个孩子，给他们送衣送吃，教他们干农活。栀子聪明，跟着左邻右舍的叔伯婶母们，有样学样，带着弟弟妹妹，在村人的帮助下，竟然也让她家承包地里的农活一季没落。在这样的环境下，姐弟四个，就像杂草野树一样，竟然也长大了。

我上到初中时，村里要在初一初二两个年级中，挑选学生组成文娱宣传队。当时我上初一，当负责人员到我班上时，我听到班主任对着负责人首先推荐了我。我心中涌过一阵欢喜。

接下来的寒假里，我们便天天到学校排演节目。被选上的学生都觉得特别骄傲。不仅获得了荣誉，而且还给记杂工，到时可以给家里挣点钱。

没两天，我就发现，每当我们排练时，栀子就在门外徘徊。遇到我们休息时，她就上来和我们搭讪，问我们是怎么被选上的，问她可不可以参加。

我们年纪小，还不太懂得尊重和同情他人，相反，小小的人，还挺自私的，并不希望她加入，不愿意把这份荣耀与更多的人分享。

一连七八天，栀子都准时出现在排演室的门外。有一天，她突然加入我们了，我们很诧异，还想赶她出去，她怯怯地对我们说："是吕辅导员叫我来的。"

吕辅导员就是我们这支文艺宣传队的负责人。

此后，栀子又深得节目排练指导的喜欢，逐渐成为主要担纲，最后，她演出的节目是队里最多的。

栀子二年级辍学回家，十三岁时她又回到教室，重新捧起课本，从三年级学起。但比同学大好几岁，又几年没学习，成绩就吊车尾。那些九岁的小不点反过来欺负她"穷光蛋"，耻笑她"笨蛋"。栀子常常一边擦干眼泪，一边看书做题。但也因年龄大，领悟倒是快，不久，她成绩就跑到了同学们的前面。到四年级时，开始做班长。

初中毕业时，她考上小中专，华丽转身成为"国家干部"。

就在栀子读中专的第二年夏天，最小的妹妹月儿，为了打树叶喂家中养的那十几只兔子，爬上十几米高的刺槐树，结果踩断一根枯树枝，摔了下来，跌断了脊柱骨，只能终身坐在轮椅里。

此时的栀子恰如一朵绽放的栀子花一样，好看得叫人挪不开眼，清香得惹蜂蝶乱飞。无论是主动追她的，还是媒人介绍的，一个个见了她本人，恨不得分分钟大花轿抬回家，但一见到她家那间破屋子，那两个还未长大的弟弟、一个轮椅里的妹妹，便都摇着头走开了。

到中专三年级时，同学吴山喜欢栀子，也不嫌弃栀子那难堪的家境。当吴山带栀子去见他爸妈时。吴山的爸妈也很高兴，一样没有因为她的家庭而反对两个人相处。到谈婚论嫁时，栀子提出，两个弟弟不要紧，将来都能成家立业，但为了不影响两个弟弟的幸福，也想让妹妹在这世上得到细致的呵护，她想"带着妹妹嫁人"，请吴山跟他爸妈说，同意她把妹妹带着身边。她是长姐，理应由她来照顾小妹月儿。

吴山说没有任何意见，可是这时候，吴山的爸爸妈妈却不答应了。说可以请人护理，平时也帮着照顾，不会把她妹妹扔了不管，但不能带在身边。吴山是家里的独子，上面还有三个姐姐，也一样地坚决反对弟弟带个"累赘"回家。

最后，栀子和吴山还是分了。两个弟弟相继成家后，栀子就一直带着妹妹月儿一起生活。

数年后，栀子姐弟投资，在村里建起一家带养老、福利性质的综合性场所。村里的老人有事没事可以聚到那里聊天娱乐。村里大人小孩有什么健康护理、小毛小病问诊询药，自学了医学知识并取得执业资格的月儿，都能帮得上忙。

建院之初，栀子在院子里种了四棵栀子树，分别以姐弟四人的名字给树命名。后来弟媳、侄子、侄女有提意见了，因此，栀子树的种植数在那以后不断增加！村里人喜欢栀子花的香，也生了长栀子树的心思。栀子便将院里培育的树苗送给来要的人。我小姑奶奶家的那两棵栀子树便是这么来的，村里不少人家的栀子树都是这么来的。

　　六月，栀子花开的季节，整个村里便都飘荡着栀子花的香气。

梨中岁月长

许多过往的事，当时看似寻常，多年后蓦然回首，却发现美好得如梦如幻、如诗如画。在我记忆中，关于梨的记忆，便是如此。清晰映照，岁月变迁。

幼小时，父亲是村干部。紧邻村部旁边，便是小店。店主姓孙，四十来岁，个子不高，皮肤很白，是个胖子。我们都叫他孙胖子。

那年夏天，小店里忽然有梨子卖了，第一次见世上竟有这等稀罕物。记不清具体什么原因，大概因为父亲是村干部的缘故，孙胖子给了我两只梨子。我欢天喜地捧着，一蹦一跳地向父亲跑去。

父亲一见，还没等我说出梨子来源，伸手就给了一巴掌：赶紧送回去！我只好眼泪汪汪地回了小店。孙胖子也大感意外，愣愣地接过了我还回去的梨子。

上小学时，一次无意之中，发现母亲那只储衣木箱中，竟然藏着一只梨子。拿出来，看了很久，手心里盘了很久，终于下决心一口咬下去。嫩绿的梨子，立即露出了雪白的一块。仅吃一口后，小心翼翼地将梨子放回原处。然后第二天又偷吃一口，第三天再偷吃一口……梨子没吃完时，母亲发现了，在被打了一顿后，终于光明正大地把那只梨子全部吃光。

初中时，家里终于长了两棵梨树，吃梨子已经不是奢望。只是等梨子长熟是个漫长的过程。每到夏天，第一场台风吹袭一夜后的清晨，梨树底下便掉了一地的果子，欢欢喜喜捡回一篮子，迫不及待地、美滋滋地先大饱起还未熟透的梨子来。

夏天的太阳很毒，尤其正午时，往往晒得人不敢往外面去。我家房子西边是一个池塘，周边长满了高大的槐树。槐树下会形成很大一块荫凉地，我便搬一张方桌放在树下，然后在那下面避暑乘凉，兼做暑假作业。

蝉声一片，桌上飘落有白色的槐花。偶尔我会放几只梨子于桌上，不时削上一个吃。邻居打这里经过，会或站着，或干脆坐下来，和我拉拉家常话。午后的闲适，知了的鸣叫，梨子的甘甜，邻人的亲切，多么美好的时光！

许多年过去了，门前的老梨树也新栽植了好几轮。早已进城工作的我，想吃梨子随时可以买到。梨子早已不再是生活中的珍品和稀罕物了。生活如梨，越来越甜，幸遇好时代，得享幸福，心底不免油然而生一股感恩和惜意来。

回乡过年，大年初一这一天

1

上午写了一篇两千多字的文章，说自己要去——实现四个心愿，到晚上打开，发现只剩下三百多字，可能是当时误操作，给弄没了吧。也无所谓，其中一个心愿本就是要得失不惊。

时间过得好快，大年初一就这么过去了。都说，日子好过，才觉得过得快。

不管怎么说，这一天，吃得丰盛，闲得悠然，和两位老人说说话，听听爆竹声，这样的日子，虽然不热闹，无让人兴奋的地方，但的确是好日子，一种静好的日子。

能够平安地，无波无澜地度过一天，是一种静的福气。所以心里要默默地道一声：谢谢！

2

公公虽然现时的事情忘得很快,但过去的事却记得门儿清,讲起来总是娓娓道来,而且现在真性情全流露出来。对谁有意见,直接就骂那人"是个小人,恶人"。不像过去,出于修养,不去说别人不好。

又一会儿就把旧书拿出来,对我说,我要的书,就带走。我很感激他对我的信任。过去,我确实喜欢挑好的书带走。而现在看来,他有多不舍得给人。因为他就说了,书借给谁了,没有还,那人是不良之人。

现在却动不动捧出两本书来,意思是让我带走。上次捧出的是《史记》和一本画册,这次捧出的是《三国演义》以及一本医药书。他自己也翻两页,还拿个放大镜放大了看,可是看不了一会儿,就把书合起来,又收进他的房间去。是啊,他现在根本看不了书了。

人就是这么老去的。我看到公公婆婆老的样子,心中也充满了对老的恐慌,心想,老了,要是不能自理,或者生病痛苦,不得了,会成为孩子的负担。又想,也许因为我和老人在一起,便有了这样负面的思想。年轻就不会想到老,更不会想到老的可怕。还是积极一点吧,顺其自然。世世代代,多少人都是这么过去的。只在平时,注重自我保重,善待自己,重视健康,尽量争取好心情。

现在生活在和平年代,也生活在富裕年代,已经是很幸运、很幸福了,有什么要去担忧的。福已经享过,就该心怀感激。

3

先生弟弟两口子今天去他岳父母家,然后一起到采摘园里摘草莓、番茄。视频发在家人群里,我就说了一句:"看来明天有草莓吃了。"他回:"今天就有得吃。"

果然,天傍黑时,他们两口子回来了,带了四塑料盒草莓和番茄(番茄有红和黄两色)。很新鲜,看了很诱人。他们说:"三十五元一斤哩。"我听了,想到摘果实要有一定的攻略。因为人到了果园里,肯定很兴奋,会拼命地去采摘蔬果。可是吃掉的有限,剩下的就须花大笔钱买回来。怎么把这种采摘的幸福和节约巧妙结合起来呢?

可以给自己定一个标准,增加采摘的难度。比如,摘草莓时,规定自己统一采摘同一大小的。比标准大的、小的,统统不要。这样,采摘的量就会少,而快乐只会增,不会减。

他们回家后,先生说,会不会我群里发了那话,他们今天特意赶回来的。我觉得,如果是这样,我该非常感谢他们,说明他们很重视我们。如果不是,我们也不必有内疚感,好像改变了他们的日程安排。人不要想太多,给自己徒然增加负担。哪怕是因为我说了那话,让他们回来,也是他们自己做出的决定。他们自己将因这个决定,或开心,或觉得不必要。都无所谓了。

其实,我觉得他们回来是开心的。因为他们的快乐又与我们分享了。每个人都是会因与人分享快乐而更快乐的。

4

下午没事时,我就拿着手机拍小院里的花草。院子不大,避开那些杂乱的地方,拍出照片来,还挺好看的。因为院子里长有柿子树、梨树、桂花树。还种了各种花草。傲霜菊花真是厉害了,花期特别长。到现在,四盆菊花还盛开着。两盆黄色,两盆烟紫色。花朵还大。这花,很励志哩。茶花打了许多的朵儿,估计一周左右,将会盛开。桂树是吉祥的树。柿树的枝虬曲着,在院子的东南角,拍下照片,青天和白墙灰瓦的屋脊作背景，感觉特别有诗意。

拍花草还是受了一个五岁小女孩行为的影响。我爸妈那边的家人群里，一个侄女发了她小孩在我家玩时的照片。三张。第一张，在一片萝卜地拔萝卜，绿茵子紫红皮的萝卜，拔了好大一棵。孩子兴奋的样儿，全流露在小小的圆脸上。第二张，孩子偎在我妈身边，帮忙烧火。第三张，孩子和比她大一点的哥哥玩，哥哥教她手表怎么用。孩子一身红彤彤的衣服，三张照片上都很喜庆。我给婆婆看了照片，她连说："这个儿这多好玩啊！"是啊，这个孩子对什么都充满了新奇和兴趣，在她眼里，世界一切都有意义。

她那脸上幸福的笑容，真是很有感染力。我觉得，我们应该像孩子一样，去感受这个世界的神奇，时时让自己拥有一颗快乐的心。于是，便去欣赏院里的景致，结果发现，好多不起眼的东西，细看之下，真的都很神奇，拍成照片，还别样的好看哩。

对了，屋檐里，还有小鸟儿在里面安家。傍晚时分，鸟儿大概已经归巢，因此，听到叽叽的鸣叫声，声音不大，好像是两只鸟儿在说悄悄话。

人们往往会因为没有新鲜刺激，觉得日子没有意义，我觉得，只要安好，一切便都是美的。而用心去谛听，则会发现，新鲜的的东西多哩。

一日看遍东台景

七月，参加一次市纪委同意的廉政线路行。首站黄海森林公园，内有纪念馆，珍贵的图片资料，记载了几代人把一片盐碱地，从寸草不生的不毛之地，建成今天的一片大森林的可歌可泣的艰辛奋斗史。然后到三仓警示教育基地，举行重温入党誓词活动。第三站到安丰古镇，第四站看后港生态村建设。一路行来，有些景，有些色，映入眼帘，撞进心头。

雨后的森林公园，给人何种感觉？

新雨后，森林如洗，更是清新宜人。走在木栈桥上，行于森林半空中，看四周无限站立开去的树，不少人不只是说出自己想长作此地人的感喟，还兴奋地提起陪外地人来时，一拨一拨的外乡人，都直叹"真想住下，再不想走啊！"

介绍人讲，水杉树，一天一个样，每天拍照，那镜框里树的颜色都不同，最美是金秋，整个森林一片波澜壮阔的黄。

林中有个乌托邦音乐吧，进去听听音乐，喝茶，从整面墙的落地玻璃窗看外面莽莽森林，此一刻，世界是静的，心是静的，周身每一个细胞都是静的，都在贪婪地呼吸这清甜的空气。

西瓜博物馆，都有哪些好玩的？

西瓜博物馆，开馆时没来得成，遗憾一直在心中。没承想，今天路过，却顺便拐进去观赏了一下。

一进展厅便踏上了西瓜的历史足迹，领略西瓜的传奇身世，原来西瓜是从西域传来的呀！听到这段渊源故事，我觉得很新鲜，忽然觉得西瓜不只可爱，好吃，还有神秘色彩和魅力了。

趣味西瓜有两处可让人童心大发。一是脚下的步步生瓜。脚移到哪里，整溜的瓜，开囊的瓜，便开花一般，一嘟噜一嘟噜地冒出来。一是助墙上瓜藤生长。人站在脚印上，两臂用力向上举，墙上两排篱架上瓜的瓜藤便发芽向上牵引，直到攀到篱架的顶端。

最美的感受是走进大棚生长区。巨大的红南瓜隐在瓜叶下趴在地上。一颗颗圆嘟嘟的西瓜则挂在半空中。对了，还有好几排也挂在半空中的西瓜是方型的。这里应该是新品种试验区。

最甜的体验是品尝西瓜，不同的瓜，口感不同。有清甜的，有沙甜的。但都有一个共同特点：特别新鲜特别好吃，过去吃过的瓜，从未有如此好的口感。

安丰古镇的招亲表演你见过没有？

当你步行安丰古镇，踩着宋朝的青石板悠然而行。忽然巧遇招亲表演，情景是这样的：一帮着古装的人敲锣打鼓，穿街过巷，召告天下，某家小姐招亲了。于是人们簇拥而去。

绣楼上，媒婆在摇唇鼓舌，叫出小姐，问围观的群众："我们家小姐像不像仙女啊？"

仙女做两个亮相，边上小丫头递过绣球。仙女向下边的人堆里张了张，选一年轻的，把球抛过去。

接到球的，上了楼。仙女也进了里间去。媒婆称："我们家小姐去换装了，等下要拜堂成亲。"

一会儿，男的也换上古装，双双行了礼。新娘抛下巧克力和糖块来，下面人抢成一团，几个孩子就差打起来，你多了他少了地追着跑。

星星有什么好看的

周末回乡下，到了晚上，我正在屋里帮妈妈当下手，门外场上传来老公叫我的声音，还叫得不休不弃。

老公一贯大大咧咧，叫我能有什么事，无非是帮他拿个物，顶多稍微浪漫点，叫我一起去散散步，毕竟乡村空气新鲜！

但是一般这种情况，他叫两遍，我若不应，他也就作罢。然而今晚，却这么坚持，我倒觉得奇怪，于是，走出去看看咋回事。

农村的夜晚，特别黑。尤其在城里生活久了后，这感觉更鲜明。别说小时候在农村长大的人早适应了，还真不是那么回事，因为我们早已忘记了。经常晚上打电话给爸妈，才问"吃晚饭了吗？"爸妈就讲，天早黑了，他们已经睡了。我看看窗外一城灯火通明，直接蒙圈。

借着屋里透出的灯光，依稀看到老公站在门前麦场上。他一见我出来，便说："你快来看，星星，星星真多。"

我一听，晕了，这哪是我家老公能做出的事。他什么时候有这细胞，能够对天上的星星敏感，竟然有兴致观星？

不过，顺着老公的话音我抬头望向夜空。一天的星星，果然十分震撼！这么辽阔的夜幕，这么繁密、这么大而亮的星星，真是睽违太久了。

真是什么环境出什么人！任是"迟钝"的老公都变得如此易感讲情调起来，面对这满天星的盛况，实在也不足为奇啊。

在城里，是"灯明星稀"、"楼高星渺"。璀璨的城市灯光，照出了不夜城，也让星星淡隐不见。再加上一到晚上，我们就都住进了高楼的格子间，哪里能想到还有"夜空"，还有"星星"这样的大自然奇观。

即使晚上出去散步，抬头看看天。往往也难得看到星星，就连见到的天空，也是被城市高楼分割成的一小块一小块的碎片，有种站在地上观"天井"的感觉。

而此刻，农村的夜空，如此高远、寥廓、深邃。星星如同是缀在黛青色丝绸上的钻石，一颗颗硕大而晶莹闪烁。

夜越深，天色越深、越清，星星也就越近、越大、越亮。而且呈立体状排布，交错着从天幕上往下流坠一般。让人感觉一伸手就能接住星星落到手上。

想起李白的《夜宿山寺》："危楼高百尺，手可摘星辰。不敢高声语，恐惊天上人。"过去以为仅仅形容"楼高"。现在懂了还有"天低"的意思。大概到了夜深人静，载着星星和天人的天宇，像一只大船悄悄驶向大地，把星星和天人偷偷送到人间来玩吧。

老公一边贪婪地观赏夜空，一边问："哪里是银河？北斗星在哪儿？"

"你头顶上空密密麻麻布满了星星的那儿就是银河。"看星星我比他有经验。因为他小时候生活的那地人家集居成庄子，每户人家就在自家"四合院"里生活。而我们这里人家集居成庄线，门前就是无垠的田野。因此，老公他小时候只看到院子那么大的"天"，而我则可以看到渺无边际的天宇。

尤其到夏天，在门前麦场，大路，或者桥上乘凉时，看天空数星星听大人讲故事，那样的夜晚基本伴随了我整个的童年。

到现在我还记得一些星星的故事。

比如，银河两边有四颗不对称排列的星，像一顶撑得歪歪斜斜的蚊帐，因此叫"拙婆娘撑帐子"星。

又如：后娘欺负前娘生的儿子。叫两个儿子挑担时，让前娘的儿子挑石头，亲生的儿子挑灯草。因为，灯草轻啊。谁知，起风了，草兜风。挑灯草的儿子怎么也走不上前，眼睛都被风熬红了。因此，那颗泛红的星叫"灯草星"。

"一个，两个，三个……发现了，北斗七星在那儿，你快看。"我顺着老公的手势望去，果然，七颗特别亮的星，排列成勺子形。勺柄朝南，柄底一颗星忽明忽暗地闪烁着。

"星星有什么好看的？"

要在平时，我如果叫老公看星，他肯定会不屑地这么问。而此时，我们开心地感受着夜空的壮美与寂静；感受着发现银河，北斗，东南角"那颗星是所有星星中最亮的一颗"的惊喜。

渺小的我们，能拥有这么一个夜晚，感觉到自己与大自然如此接近，如此融为一体，内心变得如此的空明、沉静、喜悦。这种感觉，妙不可言！

幸福的菜花真好看

"君自故乡来,应知故乡事,来日绮窗前,寒梅着花未?"王维的这首《杂诗》道出了多少游子的悠悠乡思。我家兄妹四人虽然算不上游子,可也远离故土,异地生活。乡情,同样会时时萦绕心头,这其中又以我的二哥为最。

清明放假这天上午,我和先生正趁此空闲期在商场购物。忽听手机铃音响起,打开一看,原来二哥发来短信一条:"幸福的菜花真好看啦!"

眼前随即浮现出老家幸福村那熟悉的画面来——伸展到天际的油菜花开得纷纷扬扬。二哥一边欣赏着金灿灿的油菜花,一边畅享着乡村清新的空气,一边和父母及左邻右舍笑谈乡事……

真正离家更远的人,思乡的情更浓!当我这个离老家只百十里的妹妹还在现居小城的街头晃悠时,离老家六百多里的二哥,却已经怀着喜悦之情,"跶、跶、跶"地走在了老家的田埂边。

二哥大学毕业后,便工作在北方一座城市的医院里。我清晰地记得,二十多年前的那个暑假,当他告诉母亲留在外地时,母亲一边流着泪,一边责怪他"无情"。二哥的眼里也噙满泪水,默默地听凭母亲数落。其实,那个时候大学生包分配,去留由不得自己,母亲也晓得这个情况,只是人伤心连清风也要抱怨而已。

自此,二哥的一颗心,始终走在回老家的路上。一有假期,他就尽量回来。初时是一人,后来是一家三口。那时交通不便,每次总要坐上七八个小时的车,在深更半夜到达本地县城。然后这边的家人,再踏上几十里路的自行车到县城接站。而每次来了返回时,二哥和家人之间,又是一番别情依依。其情其景,至今想来,每每让人惆怅不已。

二哥和二嫂工资并不高,可在私家车出现之初,他便立即买下一辆,都是为了便于回家。那以后,二哥回家及这边深夜接站等候的辛苦,才终于免了。自从有了车,二哥回家更频繁了,我们常常会惊喜地接到他从爸妈家打来的电话。

二哥在外,心中时时挂念着父母。经常电话问候不断。"兄妹四个,打电话,你二哥最勤了。"我自认为孝顺,问候够多,可是一次,妈妈却无意中这么说。父母身体哪怕稍染风寒,二哥都会尽可能回家探望,有时还硬要接上父母在身边照顾。父母流露出个什么愿望,他也会用心安排。2010年还特意带父母去上海看了世博会。

离开故土的人时时走在"回家"的路上。二哥不仅经常回老家,还从工作流动较易的时候起,便打算放弃现工作,多次南下寻找新机会,试图真正"回家",后因种种原因而落空。但二哥始终没有放弃,这不,我侄儿大学毕业了,二哥又一心要求他在老家附近找工作。侄儿为此近段时间已数次回来,参加周边一些单位的招考。

《诗经》里说,"有子七人,莫慰母心"。在外的人,总觉得对老家有所亏欠,希望能做点什么。"我呀,现在只有等退休了。"二哥在微信里告诉我:"我一定要回去,到时哪怕给老家的人做点健康咨询也好!"

当我告诉同城的弟弟、弟媳二哥发来的短信时,弟媳说:"二哥这话说得像诗。"是啊，文章合为时而著，歌诗合为情而作。人回老家，情至心底，说出的话便如诗如歌了。受二哥的影响，当日上午，因事滞留未在第一时间回家的我及弟弟一家也立即赶了回去，与父母、大哥、二哥，一起融入那"幸福的菜花真好看"里……

大自然的馈赠

每次回乡下,我喜欢趁机到广阔的田野去转转。六月的这次也不例外。可是有人反对我在人家门前及田头晃悠,觉得这样会让乡下人笑话。的确,这里是农人干活的田园,不是城里人欣赏享受的天地。

于是,听某人的好心建议到后大圩那儿去转转。后大圩在庄子后边,位于泰东河边,远不如门前的田野更广袤和多彩,但那里自然不会遇见太多人。

穿过一条小巷,约一百米左右转入另一条小巷,又是一百米左右便到了后大圩。

泰东河本来河面极宽,烟水浩淼。以至某人五岁便游过后大河的传奇,一直是家人及亲戚的骄傲,常常在我面前提起,简直如同讲述伟人们的那些神秘的英雄传说。可从前些年,开始运土填河,以建河边小镇。现在河里还有不少巨大的船只在作业。因此,大河变窄,顿失往日雄风。

填河建镇也填出了一块块的小围塘。围塘里芦苇和蒲草正青青。我一直猜想,这里的地名——青蒲,可能就源于盛长蒲草的缘故吧。

水岸边长满了各种农作物，扁豆、番瓜、黄豆。圩子的南边是农田，比圩子低下一米多深去。菜籽和麦子已经收割掉，农人们已经在田里放了水，浸湿土壤，准备种水稻了。

圩子斜坡上，一位农家妇女在种黄豆。她说，已经晚了，种得早的都出苗了。又说，她之所以种晚了，是因为坡上土干，要浇水，她无力挑水。天气预报这两天会下雨，这不，她抓紧来种了。

农人还是靠天吃饭，所以也锻炼了善于抢抓天时地利的智慧。

圩子北边的一块围塘里，长满了荷藕，眼下正是花朵盛开时。一塘绿叶间，星星袅袅，尽是硕大的粉色荷花。可惜，围塘毕竟离我有一点距离，我拍不着，也拍不出那繁星一般的气势和神韵。

正当感叹之时，忽又发现眼前一极小的围塘里（简直可称水洼），盛开着一朵，赶紧近前拍了下来。

发现塘边一块十平方米左右的地方，长着茨菰。这种作物的叶很像荷叶，但比荷叶小而略尖。恰好旁边冒出了几片荷叶，像是专门为了供人们识别而长的，果然让人一眼就能分得清什么是荷叶，什么是茨菰了。

还有一种农作物的叶子也和茨菰、荷叶相似，那就是芋头的叶子。作物就是神奇，神奇到让人觉得不可思议。

自然植物，特别是长得茂盛的，以及乍然开的花，总会刺激人分泌愉悦激素，让人顿生欢喜心，全身的细胞都亢奋起来，笑了起来。作物就是有这能耐，让人心静，让人感受到美，感受到有趣，感受到来人间一趟，遇见这么多神奇的物类，真是太奇妙，无限有意思。

人们在城里，往往有各种焦虑和压力。我想，大概就是远离了大自然。所以人一定要不时走进大自然，让世间万物抚慰自己的疲惫，从大自然中汲取滋养，然后像作物那样活得生机葱茏。

大自然的神奇治愈力，传递给人的幸福感，远超人的想象力。生活在人群中的各类烦恼，大自然都可以轻松驱走。

正如约翰·缪尔所说，置身大自然，会感觉"我们变为自然的一部分，没有青春，也无苍老；无所谓健康，也无所谓病痛；唯余不朽与永恒。"

"五一"小长假，这种旅游也很有意思

"五一"小长假，不少人出去旅游，真的不错啊。让自己打开心扉，呼吸到新鲜的空气，节后元气满满地再回到上班的节奏里。

可是也不是所有人都能出行。本来，朋友邀我参加一场九华山的小探险，结果我因故没有去成，她们大概玩得特别有意思吧。

想象着她们可能有的奇遇，口水就流了不少。但是待在家里，我也没"饿着"，去黄尖牡丹园转了一圈，又回了趟老家。只要出去，便有收获，眼里看到的是新鲜，心情总是会焕然一新。

每次最让我感觉收获丰盈的，还是回老家。假期里，选择"老家游"，其实也特别有意义。

五月，走到哪里都是景。田野是最有生机的时候，到处油绿青葱。整个世界，仿佛就是一片绿波荡漾的大海。如果要看大自然的壮美与神奇，不必去往陌生的远方，一出家门便是。

我们回家，没有告诉爸妈，所以当我们车开到家门口时，爸妈很是惊喜。这份开心也立即回应到我们心里，不由得更生出欢喜来。

我家在农村。村里人家依地势而住，天广地阔。家就被包围在树木和丰富的农作物所形成的汪洋绿色中。

五月的空气不只是清新，更有作物的清香。我一踏在家门前的场地上，满眼便被一片如雪的白花占满，原来是芫荽开花了。爸妈爱在门前这块自留地上长开花的植物，去年这个时候回来，记得是一园的豌豆花，当时的惊艳至今仍记忆犹新。芫荽俗名香菜，名不虚传，浓郁的清香，沁人心脾，我忍不住凑上前闻了又闻，深吸几口，真好闻啊，特别好闻。

五月，农家菜特别地见鲜。我们回家，妈妈高兴地下田，砍了些莴苣回来。种了可不少啊，有一弯地。莴苣特别肥大。摘了叶子，削去外皮，切成条，和着肉丝炒。比城里吃的，原味浓郁得那不是一般的多。

我家也算靠海不远，因此，这边海货多。这个季节，正是海货最鲜美肥嫩的时候。有一种叫蛤子的，小时常吃，因此，更带有深厚的情结。这时的蛤子，俗称菜花蛤子。一枚枚荔枝肉般色泽的蛤肉，圆润饱满。老家蛤子的吃法，一般带壳煮过后，捡出蛤肉，洗净。在锅里爆炒一下，装在此前先炒好平摊在盘子里的绿韭上。这次，都没到这一阶段。捡蛤肉时，我便大拇指与食指灵巧地配合，一捏一枚，一捏一枚，全送到嘴里。一边吃，一边感叹："好鲜啊，真鲜。"一会儿便吃光了。

爸妈八十多岁的人，还种大棚。我跑到田野去，问有什么要我帮忙的。可是多年在城里生活，手艺丢了，只能看爸妈干活，我陪在一旁说话。青椒长得可喜了，挂满了枝。黄瓜才长出秧苗，不过，这东西见风长，等下周回来时，一定会爬满瓜架。旷野的风阵阵吹来，身边的绿作翻波涌浪。哎，其实，我也体会了一回农家乐。

前几天特意去黄尖牡丹园看花，结果看了个满园空枝。可是不意却发现，家前屋外，到处都开满了牡丹花呀。现在村民可爱种花了，场地边，各色花儿开得可艳了。黄尖自称千亩的牡丹园，拿这万顷农田相比，可真是小巫见大巫了。哪里的花园，哪里的生态园，也比不上我爸妈家门前的农园啊。

门前花开，塘边树盛。水杉、槐树、柿子树、泡桐，都长了十几二十年了。鸟儿划过田野上空，会停栖到树上。一声声脆鸣，把这五月的乡村叫得更绿，更明亮了。一阵风吹过，槐花簌簌飘落，门前宽阔的水泥场上，满是随风滚动的槐花。

下午要返回了，爸妈让我饭后小睡一下，再开车。于是，老爸就盘算开了"你睡十五分钟，我把那块黄瓜苗补栽要半个小时……"我明白爸的意思，便坏笑着问："要干吗？"果然，爸说："打一局牌你们再走。"哈，这也是我每次回家的一大乐事儿。既陪了爸爸，自己又享受了闲情逸致。

照例，每次回城，妈妈会给我车后备箱里装上满满的农产品。韭菜，新鲜的。莴苣，新鲜的。青椒，新鲜的。还有一样，老酵馒头晒成的角。这个是哪里来的？这不，前期清明刚过，人家祭祖用的。农村有个风俗，蒸了小馒头，分送各家。吃不了的，便切成角，晒干了，慢慢吃。这个不只是我的最爱，而是真的好吃。乡村人家自蒸的馒头，是最有馒头味儿的馒头。

此刻，我已在城里家中。眼前仍然是挥之不去的乡村满野的绿，乡村的花。耳边还回响着乡村的鸟鸣，嘴边还萦绕着乡村美食的芳香。乡村的忙，乡村的闲，爸妈及邻人的笑脸，还在我心头荡漾。我的"五一"小长假啊，我怎能不怀念！

有一种放假叫回家秋播

当别人都在游山嬉水、同学聚会时,这个国庆七天假,我在干什么呢?

回乡村秋播。

微信朋友圈里,都在晒景点、同学聚会的照片,我突然心生羡慕。

闲闷家中,足不出户,我是否太闭塞了,像人们常说的,捂得发霉,变成傻子了。

是啊,不但四肢发僵了,脑袋似乎也僵掉了,感觉自己的世界在萎缩。

爸妈在田里劳动,我申请找个活干干,他们却不肯。一方面要养着我这个城里的"大小姐",一方面对在城里赋闲惯了的我,也不信任,总觉得我这也干不了,那也干不好。

只好自己跑到田里去,这一跑,倒跑出一番新天地来了。

爸妈在种菜。

我们只知道吃菜要挑好的、新鲜的,没打过药水、虫子未惹的,可知道，这种菜，要经的那几道工序，恰是几多辛苦又多么艺术啊！

第一道工序：翻土

你见过牛耕田、机耕地吧？可这翻土，却是人，而且是七八十岁的老人！用的还是那铁犁，但拉着前行的，不是牛，也不是机器，而是我爸。

真正吃的人饭，用的牛力。

第二道工序：铲墒沟

因翻土后，土块会散落填掩了边上的墒沟。这时，要用大铁锹，重新深挖整齐墒沟，既把田整成田沟分明的阡陌状，也便于日后排水灌溉。

第三道工序：施基肥

在新翻的土地上，先撒上一层复合肥。一粒粒白色的珍珠型的复合肥，洒在黑色的土上，像是夜幕上密缀的点点繁星。

第四道工序：平地

接下来，会用钉耙平地。就是猪八戒用的那九齿钉耙了，轻轻地在土上前后推拉，再用耙齿轻敲、按压土块，让其变得细碎平整。像猪八戒力气大，使得那钉耙虎虎生风，可我，那钉耙只动了几下，臂膀就觉得举不起来了。

第五道工序：播菜籽

我和妈妈在前面平土，爸爸就在后面开始播洒菜种了。播菜种和撒复合肥一样，抓一把，手略压低，划一弧线，种子便撒网一般撒了出去，"雨"落到土上。

第六道工序：压实

菜种播下去后，接下来就得用石碾子进行压实。这又是用牛力的活。牛拉的辘轴你们见过的吗？不过，这个是老百姓自制的简易的"辘轴"，圆柱形小滚桶，外一层密封铁皮，里面填装满石子，然后由人拉着从土上滚过去，把土压实，好让种子真正落地好生根。

没有辘轴的，就直接用脚踩。城里的年轻人不是喜欢压马路吗？要是让那可爱的一对对来这"压秋田"，头顶蓝天白云，脚踩无垠大地，耳畔是带来泥土和农作物芳香味的旷野微风，岂不又浪漫、又有趣、又享受劳动成果啊！

干完了这六道工序，就等着发芽了。

虽然累得直不起腰，但筋骨舒展了，人变得神清气爽，心情愉悦起来，连微汗的脸色都似熠熠生辉哩。

不能去旅游的人假期什么感觉

细想起来，我没有利用假期旅游过！

原因很简单，其实就是银子的问题。

所以网上讲，旅游就是从自己活腻了的地方，跑到别人活腻了的地方，然后，花光了钱，满身疲惫地回来。

当然，不全是这样啊。即使别人活腻了的地方，于自己却是新鲜的、未曾见过的风景，所以还是有收获的。

所以如果有足够的钱，谁不想去旅游。

我的假期基本上是回老家，然后再就是宅在家里。

这也有好处。和父母在一起，幸福感自不待言。我另外的好处是，从来没有遭遇过堵车的烦恼。

这就是住在北方小城市的好处。回老家时，我往南跑，恰是许多人从大城市往北跑的时候。于是，我跑的高速这边，车辆稀少，加上回家的开心，这一路上真有兜风的感觉。同时，会看见对面的高速上，车辆被堵停着或者只能一辆贴一辆地缓慢地行进，真是见了稀奇景象而心里觉得好玩了。

回程时也如是。

老家在农村，四野无闲田。我爸妈很辛苦。八十多岁的人，大清早就起来劳动。这个国庆节期间是摘秋椒和豇豆，然后用电动三轮车驮到收购点。我在家的两天，每天都看到满头白发的老父亲，到十点半才回到家吃早饭。

唉！真担心他饿得低血糖。因此，对爸妈说了一通，让他们一定先吃点东西再到田里去。

可是他们要抢摘啊。根本顾不上。

在家看不下去。也到田里去帮着摘了一回豇豆。说实在的，田园风光很美，农活却不好干。

人们去旅游时，会有农家乐，采摘活动。大家很兴奋，感受到的是幸福。真正让他们当活儿去做的时候，估计也不那么容易笑出来了。

我这次遇到两个亲戚，一个夫妇俩平时要忙二十多亩田。我妈的评价直接是：他们一天到晚忙得要死。一个不仅要忙田，一边还任村卫生员，一边还家里养了鸡、猪。晚上都田里扯起灯来割草喂猪。听我妈及邻居说，她每天都要半夜才捞到休息。我问她："这么忙，很辛苦吧。"她竟然说不觉得苦。

她是要赚钱，有这个目标，所以拼命干活。

我爸妈也是这样的，为什么这么一大把年纪还干那么多农活？就是每天看着能赚到钱。

发财精神长。过去养育我们兄妹几个，供我们上学，负担重，穷怕了，所以养成了拼命赚钱的习性。现在，还好，农作物虽然便宜，但毕竟只要有货，就能卖到钱。每天以货换钱，那种感觉还是很好的。他们活得有盼头。

有哪个人，不是因为活得有希望而感觉幸福！

相比农村人的辛苦，我放假时不能出去旅游，也就没什么觉得郁闷的了。不仅如此，能够有假期就觉得何其幸运、何其幸福啊。

放假了，回家咯

　　盼望着，盼望着，国庆节到了，又可以回老家了，这心里咕嘟咕嘟地往外冒着快乐。

　　好久没能回家了，回家不容易呀，路上要开两个多小时的车。太远了！真希望工作的地方能离家近一点，再近一点，然后，可以多回家看看。

　　每次回到家中，像是鱼儿回到了水中，鸟儿飞在了晴空上，蝴蝶蹁跹在花朵间。

　　回家感觉真好啊，幸福的事件将会联翩而至。

　　爸妈康健，日子安稳。看到老人家精神，我这心里就踏实安然。然后，八十岁的老人还能乐颠乐颠地为我们烧饭做菜，那感觉真是幸运得上天了。

　　也流连农村那辽阔的天地景象。尤其这金秋时节，天高云淡，七彩的田野里洋溢着一片收获的喜悦气氛。

　　农人们在田地里劳碌的场景，远远看去，如同一幅动人的油画，呈展在眼前，心底不由激动难抑，感叹这天地间的大美难以言述。

白天我可以帮着爸妈到田里干农活。挖花生、摘秋椒、耘田种菜。一边劳动，一边听爸妈谈农业知识，讲农村趣事。双脚踩在松软的田地上，心里感觉无比的慰藉和放松。

到了晚上，和爸妈一起一边围桌吃饭，一边欢笑着拉家常。一旁的大电视机开着，电视上放着喜庆的假日专题节目。

还会有左邻右舍来串门，有时拉家常，有时一起打一把牌。当我们夫妇打对家，父亲和邻居对家时，为了表示孝心，让老人家尽兴，我们俩会悄悄地合作，故意创造出让老人赢牌的大圆满结局。

夜深人静时，可以到门前宽阔的麦场上，抬头看满天的繁星。听场边满架扁豆叶声簌簌，秋虫鸣唱一片交响曲，好似在向我们打招呼"你们回来了！"

这样的日子不仅仅是岁月静好了，更有无所不在的勃勃生机在弥漫，在荡漾。可以涤荡去我上班时的疲累，让心思从日渐僵化无味的感觉中跳脱出来。

在城里工作的日子也不是就有多不好，但日复一日重复着的时光，日久会显出机械与呆板来，不时会觉得好像缺少了能让人开心和兴奋的事情，想象力和创造力也好似枯竭了。

而这一切，都将在一场回家的假期中得到修复。得田园景色的熏陶，激荡出缕缕活泼的思绪；仰父母慈亲的关爱，温润出盈盈感恩的情怀；被敦厚邻人的热情濡染，生发出丝丝快乐的意趣；被淳朴乡风滋养，涵培出宁静淡泊的胸襟。

放假回家的感觉真好！重新生出了能感知每一份新鲜和意义的触须，整个身心变得元气满满。我又可以带着幸福的感觉，充满激情地投入到节后的工作和生活当中去了。

秋日小语，什么样的生活都美

见阳光灿烂，忽地想在阳光下走走。

想起过去常和蓉一起走在阳光里，说一些欢喜的话语。然而，这已经是大概两年前的事。于是，发一条微信过去，问她有没有空。

没有回音。

出了电梯，忽地遇见一位特别的女子。模样精致，气质精干，一个漂亮的小女人。但这个小女人，能量特别大，早在许多年前，就有人送她一个雅号"金豆子"。

此刻，金豆子表情紧绷，大而黑漆的双眼如探照灯一般，眼神集聚。但不知道聚焦在何处。我当时的感受是，这小女人内心目标坚定，但此时似乎有什么心思。

从这道电梯经过的大人物，有时会是被纪委约了去"喝茶"的，又想，她刚刚才履新，正是当空升起的新星，不会的哦。

金豆子曾经和我同竞一个岗位，后来到县里去。最初的时候，曾经给科级干部代上课，如今却已是某地第一把交椅的主人。从地上忽地踏在青云端，能乎？命乎？

而我，呵呵。

金豆子年方四十出点头，已经身居如此高位。我不由意识到，她光照千里，这个领域是她的。而我，早已经被甩出了这个星球。

走进那片熟悉的植物的世界。过去，我会写写这些树木花草，而现在，心常被现世的各种嘈杂的声音干扰，不能专注于一花一草的欢喜。

一个人走在小路上。第一眼遇见一棵巨大的枫杨树，树冠粗壮的枝杆纷披下来，直接覆盖了一个独立的世界，其他任何树和人都挤不进去了。

一丛半月形紫藤架，过去我和蓉常在这里驻留的时间长一些。一些紫藤叶子已经泛黄，在阳光的照耀下，向我展示它的灼灼光华。叶在春天最鲜葱，在夏天最茂盛，在秋天则最壮美。

这一片植物世界里，高大的枫杨树有好几棵，木槿、石榴都有好几丛，高大的银杏树，独独只有一棵。前年时，印象深刻的是，树下黄叶落满，尤其树根处，堆积得厚厚一层。真切地堆出了"叶落归根"的画。

现在这棵树，依然叶色青绿，生机盎然哩。估计再一场秋风吹来，它就会全部黄了。

有一种植物结的小红果，晶莹闪亮。果皮极薄，胀得吹弹得破似的。边上同样一种植物，也结了许多这样的红色小果子，但那果子不透明晶莹，果皮老扎厚实。作物就是奇妙哩，两种双胞胎一般的红果子，却又有这么大的区别。

回头看，人家人生辉煌是一种美，我这么渺小安好地活在世上也是一种美。人家是浩荡长卷，我是极细微一朵小花小草吧。

所以不要羡慕人家荣耀，不要感叹自己微小，而在拥有每一份静美的时光时，深深地表示感恩。

吾心安处是故乡

在单位里遇见几件事，很复杂，搞得心绪烦乱。

人在世上，要是总是顺利，时时心怀喜悦多好！

可是外来，或是自找的，隔段时间，总会有那三两件烦心事，搅扰清净。

恰逢周末，不如回家。

气温陡降，风雨如晦，一路上，天色越走越暗，到家时，早已是四野乌漆墨黑一片。

但一团晕黄色的灯光，透出温暖来。因为白天通过电话，爸妈正等着我们。车在门前水泥场上尚未停好，那边爸妈就开始烧火炒菜了。

三盘热腾腾的菜端上桌，先生斟上酒，爸妈和我倒点雪碧，话长笑爽，欢乐的气氛便弥漫了一屋子。院子里堆满了新割上来的黄豆秆，还没来得及打，用手摸一摸，豆荚还在上面呢。从旁边走过，清香沁心润肺，叫人特别舒畅。不由得立于小山一般的豆秆前，深深地吸几口，全身的细胞仿佛得到了滋养，都从烦躁沉闷的窒息中复苏了。

有父母在家，总是充满氧气的家。从上高中时我便有此体会，烦了、沮丧了、惶恐了、苦恼了，只要回到家，一切便会烟消云散。

哪怕你什么都没提起过，爸妈压根就不知道，但家就是有这个魔力，可以让一切不愉快化解于无形。

曾有人说，当你受伤时，就抬头看看天，天空那么辽远，能包容得下你所有的委屈。

而我想说，烦恼了，就回家吧，爸妈淳朴的言语，温和的笑，无所不在的爱，会让焦躁的心变得安静，又满满地喜悦起来。

周末回乡干一场农活，幸福不亚于一次旅游

　　清早五点多，爸就到门前田里挖大蒜头，挖回来后，堆在院内墙角处。堆出的两座"小山头"，中间用一截小树棍隔开，说是两个品种不能混了。

　　天空中，鸟儿不停地鸣叫，一天没息！

　　爸说："你没事，就交你一项任务，剪蒜头。"

　　他拿起两根，给我做示范。"能这样揪下的就揪下，揪不动的，你就用剪刀剪。把蒜秆子堆一边，蒜头堆一边。"

　　很新鲜的，我搬张小木凳，坐下，立即投入劳动。

　　先只拿一根，剪一根（后来有经验了，同时拿起四五根，效率就大大提高。看来实践出真知、真智）。蒜头掉在脚下，蒜秆子轻轻一挥，扔远一点。

　　渐渐地，面前的蒜剪好了，伸手够远处的。伸长，缩回。一伸一回。咦，感觉像做瑜珈，挺舒服。在城里，上瑜珈课，还得花钱，地方还远没有这开阔，空气还远没有这新鲜。音乐又哪有这鸟声婉转动听，清新

自然。

　　一会儿，把蒜剪好。蒜头是蒜头，蒜秆是蒜秆，看一看，很有成就感啊！心里欢乐得全身的毛孔都像是熨烫过一般。

　　干完了自己的活，我又跑到田野去看打菜籽的人。

　　菜籽齐秆的半腰割下，平铺在田里晒两天，干透了。在田里开辟出一块平地（拔去那剩下的半截菜籽秆即可），上铺一张大的白色的软网（洞眼极细小，比菜籽粒还小）。把带荚的菜籽秆子抱放到网子上。薄薄地平铺一层，然后用打麦的连杆，一下一下打下去，菜籽壳裂开，菜籽就滚落到了网上。

　　把秆子一边再抖动抖动，让菜籽落得干净些。把空秆子抱走堆到一边，把其他未打的再抱过来，再铺开，再打。

　　用双手，把掉下来的菜籽壳浮浮地捋去，再用筛子筛，抖去碎壳和浮灰。这样，薄膜上就只剩下菜籽粒了。乘机在太阳下再晒一晒，然后移到门前麦场上，再晒几个太阳，干了，送油坊换油或卖了变钱。

　　丰收的喜悦就装进了口袋（油以后会装进"肚袋"）里，开在了脸上，也装进了心里啦。

　　返城的路上，虽然累，先生说，这样子，锻炼了身体。他这么一说，我先前怕他乍乍地做不惯的担忧就一扫而空了。

清早，乡野百草识不尽

"野有蔓草，零露漙兮。"

周末，回乡。清晨，在各种鸟鸣声中，早早醒来。家前屋后，栽有泡桐树、洋槐树、水杉树。透过门及窗玻璃，便见鸟儿在前院的树丫间跳来跳去，像是催我"天亮了，快起来啊！"门一开，鸟儿便越过旷野，掠过天空，向远方林子里去了。

六月，乡村的早晨，是水汽饱满的早晨，是绿波荡漾的早晨。天色尚早，满世界一片淡灰，微微的流动的雾霭笼罩了大地。目及处，主打绿镶金的乡野，铺展在眼前。半空是绿树，眼前是长着绿色农作物的原野，稍远处是熟了的菜籽、麦子，脚边是不尽的绿草。

我和先生走进水汽滋润的晨野，沿着门前朝南的泥土路走着。两旁是无边无际、绿波一样的田园拥抱着我们。

我先发现一棵肥嫩的草，叶子大大的，我觉得像大象的耳朵，但农人们应该觉得它像牛耳朵，因为他们就叫他"牛耳朵"。我蹲下身子，欣赏着牛耳朵。先生说，这就是车前草。放眼望去，整条路上尽是，呈齐齐的一排长过去，好像是有意种植的。难怪叫车前草。路被农家三轮车，常年碾压出三道深深的车辙印，这草就长在凸出的没被碾压的地方。还另有一种细叶、顶端抽出狗尾巴草般毛花的草，也长成一排，我就叫不出它的名字了。

黄瓜、玉米、茄子、扁豆等作物的苗才长了小半高，应该相当于植物的少年期吧。在作物边上的沟沿旁、路边，便是各种草了。

草儿识不尽。才认出一种，眼前又涌来一种。

路被踩实的地方，到处绵延的是"趴地草"。先生说他们那村叫"元麻草"，生命力特别强，铲下来，晒干，机碎，喂猪。我在城里常见有些地坪便是长的这种草，大概也是因了它强盛的生长力。

又见一棵根部贴着地，叶子形如韭菜，叶身尽力向上抬起的草，我指着它告诉先生："这叫牛屎草。"又指着它旁边高高挺立的一株草说："这叫狗脚印。"这些草的学名到底叫什么我也不知道，我说的名字都是小时候从父母辈那边学来的。

这一种趴地上，叶子有成人中指宽、叶边带锯齿、叶色绿里泛白的草叫枯麻。大树下，路边，密匝匝一丛金黄色作物吸引了先生的目光，他惊喜地叫道："荞麦！"非也，非也，是稗草。细看，它们似乎也结了穗子，可是用手去捏一捏，全是空的，哄人的。它们这个样子，与稻子、麦子相比，却也闪烁的收获之色，有点"东施效颦"吧。但不管有实无实，有粒无粒，人家有这精神，也是淘气得可爱。

有一种草，到处皆见，长得极茂盛。长到最后，秆子会蹿得很高。在农村，这种草是羊儿的主食。先生说，这种草，猪不肯吃。我问我爸这叫什么草？他老人家想了想说："叫油灰条。"哈，我估计是根据它的颜色和形状叫的吧。

我叫不出名字的草比比皆是。

沟底、废河里积过水的地方，大面积长的叫"水花生"，这种草倒是猪们的爱。

菜籽熟了,有的已经割下,铺放在田里待晒干。蚕豆荚、豌豆荚也快要收获了。爸爸拿一张小椅子,坐在田地里挖大蒜头。田里的花菜砍掉了一部分,已卖了钱。没砍的,胖头胖脑,睡在宽大的叶床里,在晨光中笑呢。一丛洋蒜球开得像绣球花。人家场边的春花尚未谢尽,这时正是一种喇叭形状的夏花盛开期。紫红的,粉红的,桃红的;茎杆儿高,花朵儿大,一串串,开得热烈无比。橙色的茼蒿花也开了。看到一种像菜籽,但荚呈倒三角形的作物,先生奇怪了:"咦,这什么菜籽?"我一看笑了:"这不是菜籽,是萝卜籽。你看它籽壳的形状也像萝卜呢。"

这是"番茄",这是喜鹊藤,这是马铃薯,这是山芋……好吧,别问了,万物欣欣,草何止上千,你再问,我也答不上来啊。

车行冬雾中

　　十二月的一天，我和先生、弟弟、弟媳，赶回老家。爸妈家修建房子，次日将"上梁"。这是大事。前几日，看了黄道吉日，选了这个"六合"的好日子。清早六时准点"上梁"。待吃过汤圆，再吃过面条，我们几个就又匆匆返城，一个个要上班啊。

　　上路后，发现一天的大雾，车子根本无法前行，只能一点一点向前蠕动着。开始时还能看见三四米，越向前，雾越来越大，弥漫着、环绕着、笼罩着车前头。走过乡村田头水泥路，准备上马路时，我忍不住提议："回头吧？"

　　结果立即招来反对一片，车上三个人异口同声："不回去，继续走啊！"

　　我的决心也不是很坚定的，心想，或许前面就没有了，或许一会儿就消了哩！

　　于是，继续向前。

　　雾好大！对面的车辆到了眼前才看见亮着的灯，桥桩都要擦着车了才发现有一座桥，两团黑影突然撞来才发现是两个人站在路边说话。

我是大灯、小灯、闪灯，所有的灯全部打开，且不时鸣着车喇叭，大睁着眼睛，小心地驾车前行。

弟弟建议盯着路上的黄线走，可有时连黄线都看不见，整个车就在茫茫雾海中，飘浮着似的，不辨方向！

停在路边等吧，那心急的，等到何时？没数，只得继续向前。

这期间我又几次提议回头，但仍然是没有一个人同意。"回头也有雾！"弟媳这样说，"不如继续朝前。"

后来实在没法走了，便折中，采取大家相对都接受的，拐到途经的大哥家去。平时只用二十来分钟就能到，这回愣是走了一个半小时，还战战兢兢、险象环生。在大哥家打了一会儿牌，然后吃了个早中饭，这才继续上路。

到了高速入口处，恰是刚刚开放。那些等得急了的车子一个劲往前抢，仿佛要把漫长等待压抑的情绪全部发泄出来。先生也指挥着我，又是叫我抢道，又是叫不要让旁边的车给抢了先。

看着那些大货车、大巴车，庞然大物、货满山高，挺危险的，我想，谁爱抢还是让他抢吧，反正最后都有得走。如果争着，或不让，搞不好就出事。这不，到入口处，不过五百米的车程，短短几分钟内，我就目睹了三辆车撞上了，车零件飞到了一边。其实此前都等那么久了，又何必急这一会儿呢？这下撞上了，再上高速还不知是何时呢！

经历这些，看到这些，就想说出来。还回到我们上路后就不肯回的心态。当时如果他们三个听我的建议，返回去，就可以定定当当地在家多呆一些时候，多陪伴爸妈一会儿。但上路后，人总是没有回头的决心，只是一个劲地寄望着雾会消了，然后将自己的时间和精力白白消耗在路上。我们幸得途径大哥家，如果不是这样，几个小时等在高速入口处，那岂不更急人!

　　人遇其他事情又何尝不是这样？情况不妙，寄望于侥幸，宁可将未知或错误进行到底，也不愿意回头！

　　回头的决心，回头的果断，不知道几人能有？

回家的假期总嫌短

怎么过的？国庆七天，一眨眼结束了，明天又要上班了，假期真的好不过瘾，还想放假。

但还是收收心吧，世上没有不会结束的假期。

今天又从青蒲回到了城里，交通方便了，过去这一趟跟汽车，要倒腾大半天，甚至一天，现在可好，一个半小时到家。因此，过去是一年回去不了几次，现在是高兴了，周周可回老家。

这一点上心里是充满感激的。

回老家最幸运的是可以得到老人的"招待"。父母在，无论多大岁数，我们都是孩子，也会感觉到自己是宝。

每次回家时，父母会让带这样，带那样。十月季节，带回来的，有青菜、韭菜、黄豆仁、柿子、山芋、大枣。还有青蒲特有的烧饼：龙虎斗。

本来奶奶还让带扁豆的，因前两天从我妈家带的，还没吃，便没带。又让带番瓜的，也因上次已从我妈家带了，没再带。

产品够丰盛的。要不怎么有人开玩笑说，天下的爸妈都姓"带"呢。

带的是父母对子女的爱，带的也是幸福。父母总是想把所有的好东西都给孩子，这是自古及今不变的传承。而能够有这么多好东西可带回来，也只有太平时代可以安得此享。

虽不处富贵阶层，能有此，也已经是命运眷顾，人生佳境了。

回程的路，车子依然不多，但对面的车辆也不多。先生说："很失落啊，没看到堵车的情形。"又自我反省：心态不好，希望看别人的洋相。

这是插播花絮了。不堵车，是因为大家有经验，回避了高峰。有的昨天就返程，有的走了"夜路"。一位去苏州的亲戚，就是昨晚回程的。

但提前走的，毕竟缩短了和家人团聚的时长。而挨到今晚再走的，夜路又毕竟不如白天好走。

可怜的人们！世上事终归是有些遗憾的，不可能十全十美。也正因为有了遗憾，人们才有了动力，去努力向更理想的生活方向努力吧。

到了家，最大的感受是冷清。没有了和父母在一起的热闹，没有了和父母在一起欢乐融融的温馨。其实，平时也是这样了，在城里，最常感受到的就是冷清。本来一家人口就少，孩子出去后就成了两人相守。城里的邻居又礼貌地保持距离，不像农村，可以串门，路上、田头又随时随地可以相遇，随便就可以聊开来。就是迎面相逢，只打声招呼，也觉得周遭的空气都活跃了。

城里人之间，彼此都像是各自独立的孤岛。我上下班都相遇了十多年的同一小区的人，从来互不打招呼，都陌生人似的各走各的路。这种关系想想都觉得太冷硬了。

就是朋友之间，也少有能让大家轻易同处共聚的形式和机会。

想来有点无奈。

盘点我的这个假期。总体来说，还是感觉挺幸运的。两边老家都去过了。金秋景色也赏过了。闲情浮生了一些感慨。没什么神奇事件发生，平淡得如白开水一般，但是可形容为"岁月静好"。虽然假期不过瘾，但这样安稳的日子，符合我个人对人生样貌的期待。

美哉，一院花草

六月，周末回乡下。

晨起，见只有奶奶一人在西厢房里煮早饭。一问，原来先生带着老爹爹一起去散步了。

我突然被院内一朵大红花吸引，不由心生欢喜。两株高约八十厘米的绿植顶端，开着一朵直径约八厘米的羽状红花。

"啊，这什么花，好看！""山芋花！"奶奶闻声，从厨房探出头来看一下后告诉我。

山芋花？我想起山芋是贴着地面牵藤的植物，不可能长这么高。山芋的叶子也是扇形的，这叶子却是卵状的。

"是开花的山芋，不是吃的山芋。"奶奶见我疑问，便解释道。我想，也许这"山芋"不是那"山芋"，同音吧。

院子大约有七八十平方米，前面是人家屋的后墙，两侧是白墙青瓦小厢房，后面是大屋。这么围成的小院，安静、精致，绝世而独立。

院内高处是树，低处是花草，正是最葱茏时。

最高的是梨树，长在西厢房的门前，高八九米，枝条披离下来，上面结了好多梨。有的一嘟噜三四个果子抱在一起，好热闹。个头已有婴儿拳头那么大。

这让我想到，秋天时，柿树也是这样，"硕果累累压枝低"。柿树长在东南角，虽不及梨树高，但已高过小厢房的屋顶，枝叶覆盖在屋面上，延至屋脊处。柿树枝杆是虬曲的，很有观赏性。柿树的叶子是肥嘟嘟的可爱相，也具观赏性。

柿树下是三只大水缸，缸里长着荷和长叶草。荷已经高过人头许多，肥大的叶片像欧洲人蓬蓬裙的摆。长叶草更高过荷，叶条从高处以一道优美的弧度悬挂下来。我以为是蒲。这时，先生和老爹爹回来了。老爹爹说："这不是蒲，是高瓜。"

我和先生哑然，植物怎么这么神奇。这长叶草的形状，无论如何也与那高瓜搭不上边，明明就像两个物种。然后老爹爹就告诉我们，这长叶草不久会抽出茎，结出高瓜。哦，大自然真厉害，会变魔术。

院子里长了一小架黄瓜，开了数朵黄花。花特别柔嫩，像丝绢，让人不敢碰，怕一碰就碰蔫了。大的黄瓜已可摘下来吃，昨晚餐桌上就有一盘，凉拌的，嫩而脆，被我和先生吃了个盘底朝天。小的才像人伸出的一根食指那么长，幼瓜的顶端是一朵依然鲜艳的黄花。

物种可真丰富，还有许多的树，许多的花。

紧靠荷花缸长的是一丛无花果。中间地段是一棵橘子树。对了，橘子树是梨树、柿树三棵树中结果最凶的。一根枝上，抢着结，挤着结，一嘟噜一嘟噜，个头又大，累得枝条都弯得直不起身。柿树旁边是两棵金橘树、一棵枣树，梨树下也是一棵枣树。枣树栽下才三四年，还没长大成形。密密的叶子里，枝条上正开了不少淡绿的小米似的花。花园与水泥场之间，砌一道高四十厘米左右的青砖墙隔开。靠墙处长有两株石榴树。前些年都结了果的，小小的紫桃红色，是观赏石榴吧。目前，也正开满了火红的花朵。

　　围绕砖墙长一排花草。除了开头提到的山芋花，还有一株牡丹，一丛月季，两株山茶。两处绣球花正开出硕大的花朵。每朵绣球花都由许多的小花组成。初，花呈绿色；继，染了桃红的边；然后是整个花朵都变成紫红色；到深紫时，花也就要谢了。一盆天竺葵抽出高过叶子的茎，顶端开一中国红颜色的花朵，也是由许多小花组成。与绣球花一比，天竺葵就小巧玲珑多了。一丛桃红的海棠，花期特别长，开花已三月有余。每个周末我们回家，都见它捧出星星点点的花来，一朵花似一点美人红唇。

　　至于其他的各色杂花杂草，像露顶红、水竹、菊花，因寻常见，就不细数了。对了，说漏了，院子西南角还长了一棵枇杷树。哦，对了，枇杷树下正牵了一架葡萄藤。近西厢门那边还长了一株桂花树。哈哈，仰面可闻桂树香，低头又见什么了？砖墙角一溜的鱼腥草！草如其名，味道很浓烈啊！忽然发现也开了一朵小白花，很像草莓的花。

　　哎哟，没想到小小的院子里长了这么多的植物，开了这么多的花，结了这么多的果。

　　老爹爹说："你们大了，我们就到了收获的季节，长一院花草，度晚年。"

　　美哉，小院！我想回家住！

第二辑　城外的足音，踏响欢乐的笑语

溱潼古镇的街市

溱潼镇紧靠老家，隔条马路就到。镇街去过无数次，印象特别深，尤其喜欢徜徉于后街小巷，那里溢满浓郁的水乡古镇风味。

沉浸于古街的氤氲气氛中，街面虽然喧闹，但你内心却可以始终拥有宁静。

溱潼集镇，在我印象中，是一座水上集镇，进镇便是一条环抱集镇的大河，镇中又有大河穿过。

集镇呈"井"字排布，东西两条街道，南北两条街道。

东西向两条街背靠背并行，前街为现代街道，门面装饰、经营的货品，都是现代的，与别处集镇无甚区别。后街则完全是另一番景致，如同穿越一般，带你回到了前古时期，漫步于另一个朝代。

街道两旁是二层楼的门面房。粉墙黛瓦，雕花木门木窗。屋檐下一溜挂满红红的冬瓜型灯笼，满是喜庆的节日气氛。建筑风格、色调搭配，都如古画中景。

门面内店家都忙着当街推出本地土特产。

品种五花八门，凸显水乡特色。最多的产品当数溱潼三珍（鱼丸、鱼饼、虾球）、黄桥烧饼、麦芽糖。街两边一溜一溜的都是这样的铺面。

偶尔间杂着米酒店、豆腐脑摊子。

这豆腐脑摊子给我印象也深，特别之处在其灶具与别处不同。一只木箱子，上支一口锅子，上盖木锅盖，再上倒扣着一摞一摞的碗。来客人了，取下碗，揭开锅盖，盛一碗豆腐脑，撒上葱花、香菜、辣酱，味道自是独特的溱味。

还有一种特大肉团子，状如扬州狮子头，看着也特别诱人。它是由肉糜加蟹黄油炸而成。又是一味广受当地人及游客喜爱的土特产。

集镇上还有另一道景致，别处没有。街头巷尾，会有叫卖新鲜菱角的。水网地区，盛产这个。长塑料桶里，堆得小山丘似的，都是青绿、饱满的菱角。有两角菱，也有四角菱。价钱上四角菱更贵些，因为口感更清甜。

樱花开时，你一定要抓紧时间去看

　　这几年，樱花不稀罕了，大路的两边，多有种植，随处可见高大的樱树。一到四月初，一树一树的繁花盛开，把一座城市装点得妖娆万端、典雅壮丽、热闹非凡。走在路上，行于樱花树下，恍如置身神仙国度。

　　上下班打人民南路经过，常会惊艳于壮观的樱花盛景。路两旁高大的樱树，黑杆粉花，十分醒目。枝头一簇簇地盛开着多瓣的重花。那花，比牡丹多一分娇媚，比海棠多一分鲜妍，比梨花多一分婉约，比桃花多一分端庄。

　　春日的中午，阳光灿烂。偶然沿新都路向东行，见路两边开满一树一树的花。有的自己也不识，便不假思索地问同行人："哎，那边什么花？"他一时答不上来。我便笑他"无知"，他也自嘲是"花盲"。花让人的心情都变得舒畅了，脾气也分外温和起来。原来，花可以悦心怡性呢！

　　转到天山路上，两旁是很宽的绿化林，高低杂树满栽，更有各色花树盛开其间，尤以樱花为盛。那些粉色的樱花树虽是见惯不奇，但有一个特点还是每每让人心意九转。那就是,近看朵朵花儿娇艳欲滴,鲜妍无比,但远看,却泽地偏暗,似旧丝帕之色。大概因为树又高,花又多,便故意表现得低调些,以防别的花心生忌妒吧。

大量的粉色樱花树间,偶尔种植一两棵白色的花,就显得很惹眼。令人一见难忘,引得行人纷纷上前拍摄。近了才知,其实,那白花,是绿樱。一花数种颜色:花骨朵是红色,绽放后便呈透明澄澈的鸭蛋壳色,花瓣的边缘上又微微地晕染着些美人腮边的浅醉微酡,怎一个千娇百媚,晶莹灼灼,"侍儿扶起娇无力"!

这樱花开时,似乎总在风猛吹的那几日。记得去年去大洋湾樱花园看花时也是,面对满园遮蔽了天空的雪似的樱花,你拍全景可以,要想拍下那娇媚得动人心魄的花朵,一点都做不到,因为花枝花朵被风吹得一个劲地摇过来荡过去,根本就停不下来。

今年也是,早樱初开时,便是一夜狂风,次日,人们便临树而叹:"什么花经得了这风刮的啊!"一周过去了,大部樱树都放花时,这风仍然狠狠地吹着。花朵在风中簌簌地颤动,花瓣随风漫天飘落。据说,樱花又名"飘雪"。哎哟,那纷纷洒洒的,飘雪哪有那等壮观,哪能那样令人迷醉!飘雪是让人惊喜的,而樱飘则总叫人心生怜惜。

无形的风,一准是妒忌樱花的娇媚惹人爱吧。

世间好物不坚牢,琉璃易碎彩云散。哎,樱花开时,一定要抓紧去看呀,否则,三两日,便全被风带走了。

漫步花花世界

　　陌上花开，可缓缓归。

　　春来时，到处皆是花。慢下脚步，极目四顾，满眼花放，遍地是，笼罩天空的也是。

　　近日，我尤其喜欢步行上班、下班。因为一路上洋溢着勃勃生机，随处可见各种花儿欣欣然开放。果是赏不完的景致，嗅不完的清香，念不完的绮思，领略不完的神奇。

　　但如何才能把自己融化在这片春光里，尽情地沐浴这春的滋养，然后，又化成浓浓的醇香的春之汁液，从心底流淌出来凝成文字，以与人分享呢。

　　再美的自然之景，如果没有了人，就失了灵魂。我又如何去发现那些徜徉在春光里的可爱的人们的故事呢？

　　枝头春意喧闹让人惊喜，一地零碎的落红也让人怜惜。

　　那个奶奶陪着去幼儿园的小男孩，手里竟然擎着一朵半开的紫色玉兰。他胖乎乎的小脸蛋与厚质地的花朵倒是有相似之处。

"花儿好看吗？"行人逗他。他竟然扬声答道："好看！"头顶之上的那株不甚高的玉兰树，朵朵花似乎都明艳地要照亮他的脸。

有几个朋友约了要去大洋湾樱花公园看花，我欢喜地应约之际，又不免问，年年花开都相似，为什么人们还是年年倾城去看花呢？"花是赏心悦目的！"那个平素大大咧咧的同事，说不出花的万千涵蕴，竟也由衷地感慨这花开的动人心魄。

春天可去处太多，叫人心都乱了方寸。一会儿说去这里，一会儿说还是去那里。是啊，有梅园，有樱园，有郁金香，有森林公园，有古镇，有海边。春光激滟，各处景致便泛出特别的润泽来，怎不叫人一不留神就痴狂乍泄。

说到梅花，今年我错过了。大丰郁金香花园游客如织时，日高峰达十余万人。其实，我觉得梅花之赏其境界更胜数倍。中国人对梅花自有情钟。梅花开放时，一树一树的，高高低低，花影扶疏。花似有灵性，无限雅韵。或身处花海中心驰意醉，或隔窗感梅影依依相顾。花的万千风姿，让人魂魄为之绕，为之恋，为之迷，不愿离去。郁金香就没这般曼妙情愫缕缕弥漫，<u>丝丝萦绕</u>。

春天太神奇，虽叫人胸意澎湃，却终无法诉诸以语言，无法落笔成字。"意态由来画不成"。

春色将尽,花事已了

　　春来百花开,牡丹花中王。本来是很想去黄尖牡丹园的,可是上周朋友回来说,花已经谢了。

　　觉着奇怪,谷雨时节看牡丹,正当时令,怎么就谢了呢?朋友说:"大概是今年天气暖,花儿开早了吧。"

　　于是,意兴阑珊,心想只有等明年了。

　　然而这"五一"小长假,正踌躇去哪里时,朋友恰好送来两张门票给我,于是与弟媳来了一趟自驾游,竟意外地得往牡丹园去了。

　　暮春季节,四野尽是鲜葱嫩绿,满眼都是无比油润的碧色,十分地舒眼畅心。

　　上了路,便立即体会到旅游的好处。因为踏在了未知的旅程上,每一遇都是未曾见过的,因此,心情特别兴奋,两个人一路上叽叽喳喳就没停过。

　　想起不知道在哪篇文章里曾看过这么一段话:"远行的终极意义并不在于目的地,而是在于从一成不变的环境中跳脱,勇敢地投入到无限的未知。"

此时，此刻，深信。

因路况不熟，导航说的一个小时左右的车程，我们却开了近两小时才到。但因为是在探索和欢笑声中前行，所以并未觉着时间久。要在平时，怕早抱怨开了。

进了园发现，朋友上周带回的信息一点不假。我们走了很远，转过几处景点，也没见到一朵开着的牡丹。看看门票上的文化节时间，到五月六日才结束，牡丹咋就一丝影儿都没了呢。

当我嘀咕着，有谁看到牡丹了？一位正在吃方便面穿着工装的男子，低个头偷偷地在笑，分明像是在说：这个时候来看花，上当了吧！

把牡丹园走了一圈，终于在不同的地方发现了五六朵。三种颜色，一种紫袍，一种白色，还有一种粉色。但，尽皆花败蕊残。

牡丹虽无踪，春色却还好。我们一路走，一路赏，一路拍照，倒也十分地闲适，心情也很爽快。我想，如果不执着于非要看到牡丹花开这回事，徜徉在春空园静的情景中，其实也是不错的收获。

或者说，景色也许远比想象中的要差，但有人同行，走在陌生的地界上，看着它处的风光，本身就是一种奇遇，岂非另是一番意趣。

所以当我不经意地说，来看花却没看到时，弟媳却笃定地说："噫，不是看到了吗？"

一夕花开，一日花谢。夏至将至之时，和春光同行，见春色将尽，花事已了，知光阴匆匆，这也是我们今日看花的意义吧。

不妨长作甘港人

　　春天四月，偶有机会路过甘港村，匆匆瞥了她一眼，便疑似误入仙境，深觉陶渊明所记桃源人家也不及她！
　　一路行来，扑面而来的是无尽的让人叹息不已的好风光。
　　人家尽住别墅中。
　　这别墅与城里的不同，深切地让你意识到，什么才是真正意义上的别墅。头顶上空是广袤的蓝天白云，门前是清清的河水长流，屋后是森绿的烟树相映，左右是桃花梨花油菜花在招摇，再延伸出去则是"春草青青万顷田"。
　　处处见独特的乡村系文化景致。
　　百花园，四季培育天南海北的奇花异草供人们观赏。
　　村史馆，一栋古朴的白墙青瓦建筑，典雅的四合院格式，馆内陈列数以千计的反映农村发展变迁的图文、实物，带你走进原生态的农耕历史画境中。
　　百坊园。小桥流水的园林内，这里一簇，那里一排，是曲致相连的徽派建筑,典型的马头墙,青瓦粉墙。踏着青砖路、穿花度柳向前行,依次进入电影坊、鞋坊、戏坊、豆腐坊、木桶坊、竹编坊、酒坊、糖坊……

鞋坊内,一位五十开外的妇女正低头纳着鞋底,一针一线,纳着中国妇女的勤劳、贤惠、奉献和对家人绵密的关爱。豆腐坊内,随着人群围着四仙桌坐下,喝一碗香味扑鼻的豆浆,醮着白酱油吃几卷小小的百页,满口溢香,真个如仙馔,美味无比啊。

布坊、日货坊内,架上摆放着我们童年见过的红底牡丹花的铁壳茶瓶、红边印花瓷盆,让人联想到那时人家婚娶时都会添置这两样东西,既喜气又亲切的感觉便如涟漪般在心头荡漾开来。

桶坊、竹坊内,各有一憨厚的五十多岁左右的男子,一个在给一只新箍成的木桶刨光,一个在飞快地编织着一只快编成的竹篮。

酒坊内,酿酒的一套工具看着真新奇啊,让人开眼界。客人来得这里,主人会捧出一只青花酒壶,斟一小杯自酿的美酒请客人品尝。味道特别清爽甘洌,一股暖流从喉头热到胃部。一会儿,两朵暖烘烘的酡红就飞上了脸颊。而那酒的醇香,余味袅袅,仍在口腔内缭绕,经久不散。

听说该村内还有百果园、百草园、百树园,可惜我没有机会去一饱眼福,徒留下许多的念想。

漫步百坊间,且行且叹息:"住在这里的人们真幸福啊!"苏东坡说:"日啖荔枝三百颗,不辞长作岭南人。"甘港村一行,我真希望自己也能常作甘港人啊!

漫天的樱花雾

周末，慕名去大洋湾樱花园赏樱。

花，有什么看头？没去过的人，心中定会这么疑问。

然而，一近樱花园，这份疑虑便顿然消失，不见一丝影踪了。

扑面而来的，是朱自清《春》中的画面。宽阔的河岸边，垂柳之下，绿草坪上，这里七八个，那里五六个，奔跑嬉闹的、席地而坐的，大人、小孩、老人，全都惬意在无边春光里。

有人支起了野外帐篷，一群人正在野炊，这份闲趣，直让偶然看见者羡慕忌妒恨啊。

最悠哉游哉的，是那位在两棵树间系上一挂布吊床，闲躺上面闲翻书的人。噫，不赏樱，却邻樱而读，也够奇思怪行了。

向樱园而行的大路两旁，疏疏地是乍开的绯红色重瓣樱，以她的热情，似乎在邀请游人，请赶快进园赏樱吧。

一入樱园，迎面便是大片大片的开满白色樱花的树木，仰望花色如白玉般晶莹光润，远望似茫茫一片白色烟雾。风过处，花瓣雨纷纷飘落如雪飞。

　　游人如织，惊艳不已，纷纷忙着拍照留影。花色照映，天空更显明媚光亮，所谓的"花明"，便是这景境吧。

　　迎着园内樱花大道环行。园子面积好大，似乎永远走不到尽头。人们就这么徜徉在无边无际的花树下。

　　一路上，这边一片林，那边一片林，栽植着各色不同品种的樱花，无论是花型、花色、花态，都让人大饱眼福。

　　樱花的纯净、娇娆、妩媚，也是空前绝后，别的花无法与其比肩的。

陌上花开，可缓缓归

现在，每到春天，大自然呈现给人们的，什么都别说了，一个字，美！

古时候定不曾有过这样，除非是皇家园林，才有这等奢侈的景色。

而今，却是随处可见，应接不暇。

城里、乡下，触目之处，一片彩色世界。

路两旁是树木成林，各花成带。

曾到过一地，乡村森林小镇，那感觉真是，如进入童话世界里。

行走在森林中，经过于花树下。人家门前，开一树黄花；沿河坡边，满目粉紫色的花，万千妖娆。

一行人都惊叹："看啦，这什么花？"没有人叫得出花名。

只这上班路上，便是个花花世界。

这小河两岸，高低错落，花木参差，确是让人醉了。

脚边是连翘花，身旁是垂丝海棠，高处是一树树李花。对岸柳树下，坡上满是迎春花。

两个护林人员，五十开外的年纪，正给花草喷洒药水。他们会热情地告诉人们，这是什么花，那是什么花，于万紫千红的花丛中，吹过一股清新与淳朴之风。

小区不少人家爱长花。一位五十岁左右的妇人正给自家小院内花树浇水。我问："这个是什么花？"她告诉我："樱花呀，就是好多人到日本去看的樱花。""那这棵呢？""海棠，贴梗海棠。"她懂得还真多啊！

每见百花争发，便知道又是一年转回了头。人生百年，匆匆如花期。当遇见花开，不妨慢下脚步，堪赏之时直须赏。因为人生能得几回看啊！

菜花十里不及你

1

三月,草长莺飞菜花香。

生长在农村的人们,如要看菜花,开门即是。漫山遍野,天地一片黄灿灿,由不得你,便扑面而来。

而生活在城里的人们,到了周末,则会顾不得舟车劳顿,忙约上三五好友,一路风尘,急急的往乡下赶去,要赏这占尽山山水水的黄花。

2

著名教育家朱永新曾写道:"世界上有两种风景,一种是自然的风景,一种是精神的风景。"

浮生若得半日闲,这大好春色,万顷菜花,真真地辜负不得,去欣赏一番，定然把两种风景，都拥个满胸满怀。

3

近日，我就有幸，跟随几个闺蜜，误入菜花深处。

为啥说是误入？

那呼朋唤友的倡议者，平日忙得昏天黑地，这日忽就没事了。于是，群里丢一句："踏青去，有空吗？"

立即有四位响应。可是去哪儿？

只一路向南，然后说："去千垛看菜花吧。"

4

菜花处处都一样，可是和谁去看，那是大不同的。我们这一路，是一次别开生面的春日游。

发动了车，我们就开始叽叽喳喳，于是才上高速，便走反了方向。只好从第一个出口下来，重上。一路上，错误又陆续犯着。话就没停过，笑就没歇过。然后，便到了景点。

噫，怎么这么快！平时总觉得路漫漫，今天是"飞"来的吗？

5

千垛菜花风景区，地处兴化市缸顾乡东旺村，迎面一条河，踏过桥去便是。

春分前一日，菜花才始开，游人已如织。沿着环形等候区，人潮缓慢蠕行，码头边，一挂又一挂的游船，会将一批又一批的乘客载向那水上菜花垛去。

团队都是乘着游船,荡中观花。散客则多乘小摇橹,就别是一番乐趣了。

船头小小少年,横一杆竹篙,欢乐地体验了一把荡舟水上穿花度的奇妙经历,这感觉,平地嬉花岂可同日而语!

6

名为千垛,实不虚言,水路无数条,分花一千垛。舟行水上,如穿迷宫,要不熟悉路径,准会不知归路。

游船、摇橹往来如梭。两两游船间,一个不经意,就会玩个水上"碰碰"。船头赏花人惊呼:"幸好栏杆抓得紧!"一番开心笑!

7

弃船上岸。满野黄灿灿的菜花让人惊喜,让人醉。游客欢呼着扑入菜花中,人面菜花相映辉。黄花高过人头,一名穿红衣的小孩向花深处去,转眼就找不见了。

游人纷纷立于花海里留影。一位年轻姑娘,独自蹲在花下,专注地自拍,另成一道风景,惹得游人不由夸赞:"真漂亮!"然后举起相机,拍下她和她身边那一片花。

回行的路上,无论男女老少,春光里,一个个笑靥如花。有人一路走,一路还唱起了歌,边上相识不相识的,竟也呼应起来。也有游客临别时回望花海,戏叹道:"我挥一挥衣袖,不带走一朵菜花!"

8

  一般踏春归来，人容易困乏，上车便入梦乡，可我们才不。几个人依然"嗨"得很。开始了一人讲一则"我和他的故事"的游戏。到了这个年龄，都有了一些生活沉淀，又经岁月淬炼，讲起来，那个绘声绘色，那个渲染，听得神经一波一波的弦振。

  故事还没讲完，家已在眼前。怎一个意犹未尽！

  这偶得的赏春之行，让我觉得，春，不仅荡漾在菜花朵上，也洋溢在人们结伴踏青往来的路上。

  再回望，想起她们一路留下的笑语、讲述的动人故事，直觉得果然是：菜花十里不如你啊！

富到让人发呆的村子

　　如果在南方，如果在城郊村，这不算什么，问题是，这村，它位于北方相对穷点的地方。

　　可是就在这不算富裕的地方，这村富得让小宝宝心头一惊一乍的。

　　先是这映入眼帘的村部大楼，把见着的人蒙呆了。

　　两栋楼房，一面朝东，一面朝南，呈 L 形排布。真气派啊，仰视不见其顶。

　　引向一楼平台的台阶，三进，共三十三级。大概应那"三十三，天外天"之意吧。拾级而上，有种登云梯之感，似要上青天了。

　　一个村有如此宏大气派的办公楼，一定有强大的经济支撑。但是钱从何处来呢？

　　一靠土地，二靠养鱼养虾。

　　村有三千多亩地，流转所得费用，老百姓得百分之七十，村得百分之三十。

　　"村集体积余年保底不少于百万，全村泰平，村里人富得很，没啥子矛盾。"被问到的人豪气地说。

有人讲了个故事，来说明该村人到底富到什么程度。

——用麻袋装钱！

村里鱼塘要承包出去，村里人都扛着麻袋到村部集中。像拍卖会一样，轮着喊价。你叫一百万，他叫一百二十万，再有人叫一百三十万的……好，成交！竞拍成功，麻袋拎上前，往主席台上一放，全交现金。

这太牛气了吧，听得我一愣一愣的！

为什么要去看大海

若干年前，我去大丰港口看过一回海。临海而立，胸襟大开，平日的诸种胡想，顷刻尽抛！

顺着伸向海里的堤坝，向海深处而去。站在码头上，四周尽是海水，茫茫不见边际。顿生人渺小不及一粒尘埃之感，觉得生命中的得失计较，实在是把自己看得太大了。

以后的日子，每遇想不开的事儿，脑中就闪回看海的画面，然后，把这种可笑的狭小交付风吹去。

然俗事也如茫茫海水般汹汹，常常会将人淹没，让人忘记了自己的渺小，又生出要拥尽世上万般而不得的烦恼苦痛来，这时候，有必要再去看看海，让海观照出自己的可笑来。

这个周末，偶尔得闲，我便驱车前往海边。亲戚听说我要去看海，深不以为然：“有什么看头啊，风也很大。”

当再度站在码头上时，便发现，确是来对了。因为片刻之间，那种心胸打开、不值为俗事烦恼的感觉顿然回归。

我不敢靠近堤坝边栏，沧海茫茫，看了让人有眩晕的感觉。说实在的，如果掉下去，连一片羽毛都不如。退后些，极目远眺，烟水淼淼的海面上，有两只海轮，许久时间，仿佛一动未动似的。我想，它其实并非静止的（总不至于定居海上吧），只是因为太远了，海太辽阔，感觉不到它的动而已。

为什么要看海？看海，不是为了看风景，也没有绮丽的风景可看。但是看海会让人生所有的不快被海风带走，所有的不明白被前推后涌的洪涛荡涤清澈。

当遭遇郁闷时，抬头看天，也能荡开胸怀，变得心境开阔快乐起来。但天空太高远，而海可以让人走得更近。立于海水中央，那感触便更真切地呈现了。

看过了大海，将不再为世俗的困难和琐事所纷扰，从此放下得失心，过自在从容的小生活！

第三辑　脚下的花草，摇曳念家的思绪

像花儿一样绽放

  我知道，纯粹写花的开放，可能有人会说，那没多大意思。一者疑问：你笔力够吗，写得出花的万千风情吗？还有一问，有多少人有闲情去欣赏花开的美呢？

  可是那花开的种种姿态总在我心头澎湃，如同大海的波涛一般，久久涌腾，挥之不去。

  花树，长在上班必经的大路边，沿河那畔。是什么花我不太清楚，古诗说："认桃无绿叶，辨杏有青枝"，可我还是觉得那些花或是海棠，或是桃花，像杏花也说不准。什么花不重要，重要的是每当那些花映入我的眼帘时，也会一次次地冲击我的心灵。

  花开时，一天一个样。

  前天看那花儿还是个调皮的小家伙，藏在苞里，低着头偷偷地笑。让人忍不住要去点点她的小鼻头，捏捏她的小脸蛋儿。

  昨天看那花儿，一夜之间竟然乍开了，似一朵朵羞涩的少女，娇俏欲滴，让人直呼：看花要在近处，最宜半开时。

而今天再看，则俨然是个成熟的少妇了，开得如此恣意张扬。一阵风吹过，花摇蕊颤，簌簌作响，似无数只粉蝶密集在树梢和枝桠间翩翩起舞，更有无数细小的花瓣纷纷如飘雪般洒落下来。

哪年，都没感觉花儿开得有今年美。

美到让人惊倒。站在花树下，细看每一朵花，鲜艳得让人心头振颤，娇嫩得让人陶然欲醉，含情得让人浮想联翩。

哪年，都没感觉花儿开得有今年盛。

连天扯幕，把天日都遮蔽了。似雪，却比雪轻灵。似霞，却比霞缥缈。似云，却比云氤氲。那云，那雪，那霞，都没有这花儿欲语还休的情态。

哪年，都没感觉到花儿开得有今年狂。

用尽了所有力气，仿佛疯了一般，一朵朵尽情地开，昏了头般地开，醉醺醺地开。一树树、一带带、一片片，燃烧的花林，怒放的花海。每走至树底，会让人忍不住跺着脚，下意识地惊叹："呀，怎么会开得这样！怎么会开得这样！"

流连，迈不开步。受花感染的心，欣喜着、激荡着，不能平静。其实不是今年花开得特别，其实花开年年都相似，只不过，时过境迁，我们忘记了。只有当花再开时，只有当再临花下时，这种意识才又被唤醒。

三四天的花期，或者，多则一周。一场春雨过后，再去看，那鲜，那艳，那嫩，那粉，那明艳，那恣意，那娇羞，那如火如荼……转眼便不见了踪影。

忽然明白，花儿为什么如此努力地开，只因为知道花期太短，知道"明媚鲜妍能几时"。所以用尽了全部的力气，抖擞出十分的精神，只一个劲儿地往最极致里开。

每次从花树下走过，看着那一树树的花舞婆娑，我会忍不住暗暗地问自己，人，是不是应该像花一样，珍惜匆匆的生命时光？像花一样，每一天蓬蓬勃勃地生活？像花一样，每一天努力地去绽放出最美的精彩？

人生，当如花开！

与一位老保姆和一名婴儿的搭讪

  上班喜欢走着去,想要一路上看看,也许能遇见什么好玩的事儿。
  出发得早,空气很清新。路上行人还少,大家还都没有出动。走在树木葱笼的林荫小路上,前面一位妇女推着一辆幼儿车。
  小车上的小男孩,白净净的;一双大眼睛,又圆又黑又亮。他侧过脖子,好奇地打量着我。
  我与推车的女子搭起话来。
  "你家孙子啊?"
  "不是啊,"她操一口外地口音,"我是阿姨。"
  其实,我这不是第一次遇见她了,前些日子也看到她。只要出发得早,便能遇见她。只是陌生人之间,相互看看,不太好意思多搭话。以避窥探人家隐私之嫌。
  她个子不高,微胖,扎着短马尾,脸色暗黑。
  "我们是南京的。他外婆外公想他,就过来这边住几天。"她主动与我聊了起来。

"他喜欢早晨出来看看？"我指着推车里的小宝宝。

他也还在看我呢，想要与我搭讪的样子。

"一天出来两次，早晨一趟，傍晚一趟。西边那边宝宝多呢。"

她说的"西边"我熟悉的，就是小区西北角靠近门卫室那儿的小广场上，经常下午下班时，看见许多家长（一般是爷爷奶奶辈）带着小朋友在那边玩。

于是，我逗着推车里的小宝宝说："去开会，是吧？一天还开两次会。"

那小宝宝脸上是友好的，但并没有被逗笑，还是一副在"研究我"的神情。

"你叫什么名字啊？"我继续逗着小宝宝。

见我这么问，她笑了，说："他还没会说话，才十八个月。"

"你带多了，他就跟你亲啊？"

我想起过去大户人家找保姆的情形。像《城南旧事》中的宋妈，带了英子姐弟几年，最后都跟自己的娃儿一样，有着深厚的感情。

"还是跟他外公外婆亲，总是要他外公。但习惯跟我睡！"

"跟我睡"三字听了有些吃惊，什么样的爸妈，竟然把孩子跟阿姨睡。

从她接下来的话中我知道了，这小宝宝平时跟爷爷奶奶住，都是她带。爷爷奶奶只在她烧饭时带会儿。

"你家在哪儿？"

"连云港。"

我忽生感慨：她一年到头住在外市，替人家带孩子，她与家人间岂不是要常年分离各边、不得团聚？

于是，我问她："你在这小宝宝家，那你自己的家呢？"

"家就锁着啊。儿子二十五岁了，在南京，还没谈对象呢。"

这么说她毕竟和儿子在一个城市里,听上去让人心里倒稍许安慰些。

"我马上要退休了,企业效益不是不好吗,就替人带宝宝,帮儿子多挣点钱。"她憨厚地笑笑说。

看着她那张显老又不好看的脸,我竟在心里不自觉地叹息起来。

唉,我不知道她儿子可有感觉。自己的妈妈老了,还在人家家里当雇工,只为了给他"多挣点钱"。

市外桃源

  这周二朋友就邀约：美女好！这个周六中午有空啊，想约几位女生小聚聚，去我苗圃吃土菜，好吗？

  哎哟，不止是开心，立即回复：好的，谢谢大美女！

  这位同学真的是十分漂亮，我闭着眼睛想了一下，她的漂亮包含这些元素：优雅、田园、高知、大方、从容、能干。集城市大小姐和乡下小妹的所有美好于一身。

  一会儿，小群建立起来了，哇塞，十位美女呀！

  周六上午十点左右，我们如约，陆续抵达朋友的苗圃。我这是第三次来。第一次来距今已经有四年，第二次来也已经两年过去了。而朋友的苗圃今年也七岁了。

  一进苗圃，发现树木越来越高大，绿色越来越茂密。同时抵达的友人不停地感慨："真是世外桃源！"

  苗圃主人，一袭宽松版绿底小碎花棉布连衣裙，头戴一顶稻草黄的布帽子，脚穿软软的平底小白布鞋，一眼望去，庄园主、小女人、悠然、闲雅，这些词语从我脑子里直往外蹦。

紫荆花正开了一朵两朵，在密密匝匝的绿中，开那一朵恰恰好，对着镜头，拍下的就是一幅意境无限的画。万点绿中一点紫，一花一世界，这样的句子又从我头脑中蹦了出来。

穿过紫荆、月季相拥的木质花架走廊，我们走向一栋田园风的平房。在花架拐角处，相隔不远，种植着两株半高的芭蕉，苗圃主人告诉我们，种下它们，就为了听雨打芭蕉。

平房的东西两面墙，被浓密的爬山虎盖满，前后整面落地玻璃墙上，爬山虎则错落有致地挂至廊檐的高度。一定是有人专门负责打理的吧，要不然怎么会挂下的高度这么恰好呢！

这房子的功能大概主要是用来招待客人的。大门一进来的房间相当于客厅，中间放了一只大餐桌，客人多时就在这里用餐。西南边一间小房间，应该是棋牌室，置有方桌可供客人在此打牌，或下棋。棋牌室对面、即北边的房间，则是一个小餐厅，客人少时，就在这里用餐。客厅的东面，则是一间茶室，置有茶几、古物架。高雅的客人坐在这里，一边喝茶，一边欣赏落地窗外的园林风景，一边聊天。

室内是雅人高聚，室外是园林风光。如此佳境，来者赞叹羡慕之下，不由得脱口而出，要是长住此地，多好！

"我们羡慕你的光鲜，但也知道你付出了许多艰辛。"友人们都作如此感慨。

苗圃主人向大家介绍一年四季不得休息，冬天要整桑、整沟。为什么呢？为了防止水淹了树木呀。有时发现，桑、沟都整过了，水还是流不出去，为什么呢？原来，桑、沟被草塞住了。所以要不停地去看，把草给清理掉。水利很重要啊，水利不通，劳而无功！朋友感慨道。

厨师是苗圃主人的侄女夫妇俩，我瞥见他们两个，都穿着厨师服，在厨房里忙碌。端上桌来的菜，一个感觉就是清爽，另一个感觉就是田园土菜。那菜色叫人直接感知到，这是它们苗圃里长的和养的。

"大家尝尝这个，你们猜是什么材料的？"当端上一盘白煮肉圆时，苗圃主人这么向大家推荐这道菜。"你们来，我侄女可用心了，听说都是女士，她就上网查，女士吃什么，这个季节吃什么。"我们看那肉圆，一只肉圆摆放在一枚胡萝卜片上。肉圆身上，有着点点的胡萝卜的红色点缀着。原来，这是用河藕、胡萝卜做成的。

吃完饭，朋友带着大家在苗圃转一圈，这边是一片果林，除了常规的柿子树、梨树，还有山楂树、樱桃树。那边是一片蔬菜地，紫色的茄子挂满了枝，地上卧着许多南瓜。

养了羊，养了鸡……

大家又再次感慨："哎哟，真是市外桃源，城市的市。世外桃源的市外桃源！"

091

人的美,不能像树木花草一样去了又回

早晨上班,下楼梯,遇到邻居买了菜回来。

短发,微胖的脸,虚弱地笑笑。

她和我打招呼:"去上班啊!"

"嗯,你不去吗?"

我退休了!

我一听,震惊。感叹流年易逝。可嘴上却对她说:"这样也好,解放了,空出时间来正好带孙子孙女儿。"

"早呢,儿子还没谈女朋友呢。"她回我。

然后我们转身,各奔各的方向。

时间就会这样溜走。很快!

我走到户外,从那条两旁开满白色蔷薇花的小路上,往班上而去。

这花儿年年到了四月底、五月初便热烈地开放。引得蜜蜂和一种像蜜蜂形状的小菜虫子,快乐得在这片花海上空飞舞。嗡嗡声和扑鼻的花香将我包绕。

这样幸福的日子，我走过了一年又一年。还能走多久呢？

时间总是在不经意间就走远的。一抬头，一转身，发现自己已经从青葱走到中年。

记得刚搬来这个小区，和她做邻居的时候，她也才只是三十来岁的小妇人。也是这样温和的样子，微微地笑着。但是那时，明显地通身充满了生命力，散发着饱满的气息，整个人像是闪耀着美好的光芒。不像现在，感觉到衰气和虚弱。

那时他们家的儿子，可有十岁呢？她还搀着他的小手。而那小男孩，扑闪着炯炯有神的大眼睛，一蹦一跳地上楼下楼。她温婉地笑，那小男孩阳光灿烂地笑。

如今，那个蹦蹦跳跳的小男孩，已经长成成熟稳重的小青年，今年二十四岁。有天，还是这楼梯上，他拉着一个长发披肩的女孩的手，往楼上他家而去。

当时，我和先生恰好下楼，遇着了。走过后，先生说："这小子的女朋友不错，小姑娘长得挺甜的。"

曾经我和我先生也这样拉着手走过楼梯，走过街角，走过乡村的田头。一转眼，我们已经到了看着这样的年轻人从身旁走过去的年纪。成了驻足去欣赏、去感叹、去欢喜地看着这样的又一代人从眼前走过的中年人。

上班路上，走着走着，遇到了她。一位从外地来到本市的女子。

她住在我家小区的隔壁小区，上下班时，喜欢从我们小区穿过。记得前两年也是五月初这个季节，走在林荫大道边的步行道上。抬头看着浓密浴滴的绿荫，她说，她特别喜欢从这样的树荫下走过。这时候的树叶，好像抹了一层香油，鲜亮滋润。

可不是，大路两旁的香樟树，年深树高，蓬勃的树冠，涌动着波浪一样的绿涛。整个大道看上去，多像一幅由嫩绿色油彩泼画出来的巨幅画,而这样的彩画中,有我们两个的小小身影。

这两个小小的身影,也走过了时光,日渐地往岁月深处走去。

早几年,她那高挑的身姿,如今也已略显丰满;那轻盈的步伐也已略显滞缓。是啊,她已不再一如当年的窈窕、鲜妍。虽然她在学画画、参与旗袍秀,生活似乎多姿多彩。可是总觉得她身上的那份天然的秀美在渐渐流失,再也不会如当年那样,总能让人感觉闪烁着光芒一般。

就像无论怎么涂脂抹粉,也永远没有那份"天然去雕饰""清水出芙蓉"的美来得惊世骇俗。

岁月未曾饶过谁。走在人生这条路上,走着走着,我倒有些困惑了,树木花草年年有春天,人为什么不能像树木花草这样,春去春又回?为什么一路走,一路丢失的是再也不能回头的美好。

如此,觉得还是做一棵草更比做一个人幸福!

我不再年轻,我的心情和想法偶尔有些颓丧,不过,正当青春的你,是不是该珍惜大好年华呢?

顽强的仙人掌

同事晒他家仙人掌，我一看，是我挺喜爱的品种。颜色清雅、毛茸茸的，兔耳朵样，很可爱，于是便向其讨要。

同事掰了一段带两瓣的给我，从此，这株仙人掌开始了在我家的坎坷命途。

索要时热情有加，到家后却马虎地往花盆里一插了事。结果，插得太浅，又没浇水，没几天，便发现它趴在了土面上。这是它第一次奄奄一息。

重栽，还是很随意地往土里一按，然后，放在阳台上。大概五六日，我拉窗帘，谁料帘尾一扫，再次把它带离出土，趴到了土面上。这是它第二次奄奄一息。我看了下，它到底还未生出根须来。

再栽。这回带点歉意心情，给浇点水。

这下，它应该不会再遇厄运，可以生长了吧。

慢着。又是五六日后。晚上，先生从它旁边经过，莽撞的他，脚下一绊，连花盆都踢翻了，半盆干松的土都泼到地板上，那仙人掌更是跌出了土外，躺在那儿。它好像气息奄奄地在叹息："我命好苦啊！"

惹了祸的先生，连着叫我："你看着怎么处理吧。"

我又好气，又好笑，耐心地扶正花盆，把土拢进盆里，这回，揣着对它的愧疚、怜悯以及敬意（毕竟人家始终活着！）特意找来一把小锹，把它深栽了，且把周围土压压实，然后，反正知道它不怕干，也没浇水，再次放到窗下阳台上。

这么以后，就忘了它的存在。大概半个月，也就是今天，无意中眼睛往阳台处一瞥：噫，那两枝老瓣的顶部各冒出了一点新芽！极浅极淡的鹅黄绿，大拇指甲那般大小，小叶芽苞一般！

我心中竟一下子漾满惊喜，又小小地震撼：这小东西，生命力怎一个顽强。

走走遇见了会笑的世界

　　夏天时，因为天热，我便每日中午在办公室休息。甚至中饭也不到楼下食堂去吃，早晨带点包子什么的上来就打发了。

　　回头想想，日子过得像关禁闭。不去别的办公室串门，鲜与外界有接触。最后，搞得自己大脑好像也僵掉了。

　　前两年，流行隐居，乡下或山村，然后不少人还写成书，卖得也挺火。

　　但我想，这人啊，不只是要跟大自然接触，还要跟人接触。否则，孤独及脱离社会的恐慌会让人窒息。

　　小隐隐于野，大隐隐于朝。如果是我隐居的话，我最希望的方式是在既有绿野，又有人潮的地方。

　　能够满足这两个条件的，我看乡镇大概是最为理想的去处。既有集市，又周边不远处定有农田。

　　有野无人不行，有人无野也不行。野让人静，人让人生喜。

　　今早上班的路上，小区里走过，看到一位女士，三四十岁吧。站在一棵葱茏的树下，让一位年龄差不多的男士给她拍照。

拍完了，那女的很兴奋地上前看拍得如何。

我此时看到她的容貌，觉得一般。又穿了件黑色宽松的连衣裙。我就想，这衣服适合站在鲜花前拍照，树下就不适合了，整个色泽太暗。

又想，这女的，长相一般，她自己却不这么认为，很显然，她自信满满且臭美着哩。

这一幕让我觉得好玩，而这位女士的行为，让我明白了，人根本无须考虑别人眼中的自己是什么样，自己觉得美就是美的，心情会因此满是快乐。

早晨如果不是走路上班，这场景我就看不到。而中午来去班上的路上，定又会看到别的景象，遇见别的意想不到的人和事。

所以要想看到这个世界的奇妙，领略万物的有趣，就多在外面走走，不要宅在没有生机的斗室内。

唯融身于这个社会，时时用一双新奇的眼睛打量这个社会，人生才会每天捕捉到意义和开心，不经意就会让自己笑起来。

忧郁啊、焦虑啊什么的，也不会有吧。

绿荫寂寂夏日长

"吱——吱——吱——"蝉拉长了声音,叫不停息。

太阳,明晃晃地,把白光,照向农家大地。

我们不敢往门外跑,只躲在空调室内。

暑天真是暑天的样子,很是威猛。

所有的农作物,一片寂寂无声,只把那绿色,铺满农家天地,似要和阳光比赛。一个要把大地照耀得无处可藏,一个要把大地,竭力庇护在自己的浓荫之下。

我打把伞,去看爸爸妈妈哪里去了。如果是往年,田没给大户时,他们此时肯定还在田野里干活。你若是叫他们回家,定会回你:"不热啊,田里有风,不热!"

现在田给了大户,除了紧靠门前晒场那边的自留地,再没其他田地可长庄稼,他们才不再那样拼了老命地干活了。

我走到前屋,呵呵,我爸果然在睡大觉。也好,到了他这把年纪,拒绝夏天太阳的挑衅,关起门来享受一屋阴凉,才是最正确的做法嘛。

我又跑到我妈的房间去看，没人。这时，我从纱门里瞥见，她老人家，驼着背，一弯一弯地走着路，手里拿了个瓢，里面装的粮食，原来，她又在侍候她的羊们了。

一会儿，又见她端了一盆水走过。我跟出去，到羊窝时，两只大羊已经在喝盆里的水，我妈就站在一旁照看着。旁边另还有两只大羊、两只小羊，一共六只羊。它们在排队等候我妈给它们喂水哩。

"羊子也要喝水啊。"我没话找话地说。

"嗯，羊子也口渴了，这天热的。"我妈头也没抬地感叹着。

门前绿满。

刀豆架，绿成了一面厚厚的墙壁，边上的田地里，十二行花生苗已经长得颇有气势了。而昨天，我妈还把家中剩下的老花生米，拣好分类让我带回城里，由我慢慢享受。

当时的场景及感受，我有一段文字，详细记录。内容如下——

我都收好了，分成三个小袋子装在这个大袋子里。你把"坏"的先吃掉，最底下袋子内的是最好的，中间的也还行。

此前，午休起来，发现妈妈坐院内巷口那儿，在拣花生米，有小的，半片的（手剥时用老虎钳夹碎了），也有大颗粒的。

一见我，妈妈问，陈花生米你要吗，你嫌不好，就由我们煮烂了吃。

我赶紧说，要的，要的，这对我们都是宝。

这花生，先生喝酒时，炸上一碟，多香。佐酒，多美！

妈妈种的，妈妈拣的，带上，多温暖、多幸福的事！爸爸妈妈年事已高，往后而去，还能带几回呢。

早晨的时候，我又享受到了妈妈为我煮的早饭。

这样的农家早餐，真是朴素又温馨，蕴含了无限的情愫和幸福，文字不足以表达。

我一方面总是不厌其烦地用文字记录我每次回家的点滴，因为这些太珍贵，眼看拥有的是日渐地稀少。另一方面，我常常感到，这些幸福的一幕幕，只能眼睁睁地看着它们，从我的记忆中淡忘、消失，因为实在没有能力用语言将其真切地记录下来。

今天的早饭是白米粥、煮鸡蛋、韭菜炒百叶、红烧小黄鱼。

这两道菜，既是我家的特色，也是我妈妈的特色。

韭菜炒百叶，端上来时，我就被那色相给迷醉了。韭菜碧绿鲜嫩，因为，是早晨才割出来的，自家长的，这么新鲜，在城里菜场，哪里买到呢。百叶，是我们这里人家自做的，每一张都压得极薄、极干。吃起来，豆香浓郁，筋道。经常，我们回家时，会特意买了这样的百叶带回城里。

小黄鱼，则彰显了我家靠近海边这个地域特色。经常有人，清早沿着门前大路叫卖海产品：各种海鱼、虾、蛤之类。也是他们夜里才从大海里捕捞上来，或者直接向渔民批量买来，再零卖给村里人，因此这海产品的新鲜度是第一流的。不像在城里，只能吃到冷冻品。这两种口味，那差别，也直是从海边到城里的距离了。

无尽长夏，无尽幸福。一物一味，都让我无限地期望，能够常回家，在时间上，在频度上，都能！

湖边的天伦之乐

晓风轻拂，树木油绿，枝头紫薇，艳容初绽。

此一刻，让人心生希望，满怀欢喜。

踏着晨光，步履轻快，一路往班上而去。

行到小区中心湖边，见两位大人，搀一学步的小小孩，正慢慢走在前面，笑声与鼓励的话语不时传来。

好一幅动人的背影图，忍不住举起手机，拍下这幸福的画面。

等走到三人旁边，哈，原来是熟人，隔壁单位的王主任。正与他夫人一起，陪小小孩学步呢。

那小小孩大概一周岁的样子，雪白的圆乎乎的脸庞，一双圆溜溜的清澈的大眼睛如黑葡萄一般，正努力地向前迈着小腿。

经问，原来小小孩是王主任的外孙子。

含饴弄孙，天伦之乐，越发地让人觉得真是太美妙了，直让人欣羡不已。湖面莲开如星，三柱喷泉也快乐地喷涌着。

我看看时间，已经不早了，便问王主任："今天不用上班吗？"

"上班啊，"王主任笑哈哈地说，又感叹："可是，有这小东西，真不想去上班啊"。

呀，晚景无限好！

此一刻，怎不叫人机心全忘，平日在班上的种种压力也浑然不觉了呢！

桂花已落尽,我还记着你

1

过去,我没太注意桂花。因其花色淡,又小,藏在枝叶后面,太羞涩了,故不能吸引眼球,从不会给人惊艳的感觉,只当十月,从树旁经过,闻到了幽幽的清香,才惊呼:"哦,桂花开了。"

但今年,我不仅注意到桂花,且终于与其"深交",并"契阔"了。

2

那日清晨,迎面一团橙黄色撞入眼帘,且伴以笑语传来:"去上班啊?"哦,原来是同事的爱人。

一见她,便确信:世上是真有美女啊!那些溢美之词,什么"光可照人""鲜艳欲滴""风情万种",便鲜活起来。心中由衷地暗慨:真美人，果然是这样子的！难怪她曾当评为"盐城十佳鹤仙子"，名不虚传！

"桂花开得好香，忍不住摘些。"

我这才注意到她正一手够枝捋花，一手倒撑开她的小花伞等花。枝摇花落，她头发上也沾上了碎碎的小黄花儿，让我一下子想起"杏花吹满头"，只她这是桂花了。

人，走过了，但她那美人捋花，巧笑倩兮、美目盼兮的画面还在眼前浮动。

原来，桂花虽色不诱人，但人却挡不了它的香惑呀！

3

这下，我开始注意起桂花来。

这些年，市里大面积栽植桂树。道路旁，公园里，小区中，随处便是一树一树的桂花，数数我办公室窗前就有七棵呢，过去我误当是某种灌木，到今年看到满树金黄色的花，有香气从窗口阵阵拂来，才知道原来是桂树。

几年前，去过杭州富阳市，一座以桂花为市花的县城。满大街丹桂飘香，从大路上走过，向南向北，向西向东，两边净是桂树，人整个就走在花香里了。当时，听当地人介绍，花色红的是金桂，淡黄的是银桂。始叹："哦，桂花原来不止一色啊。"

今年留意后，再细看，何止金银两种。我家楼下，就有两棵高大的桂树，每次回家，打树旁走过，冲天香阵扑面而来。仰面看花，竟是绿色的！

细细想来，我发现的桂花应该有橙红、金黄、淡黄、鸭蛋绿。

4

桂花是佐餐佳品,大家都知晓了。桂花糕、桂花汤圆、桂花蜂蜜。还有人用桂花做枕头,可助安睡。可这有时也会给它带来厄运。

朋友家后窗下,恰是一树桂花。一日,一妇女,一手拿一根棒子,在打桂花。树根下铺一被单,被单上已积满了一堆金黄色的桂花。她还在用棒子使劲地打着树枝,随着她的击打,细碎的桂花便纷纷落了下来。

大概觉得毕竟树不是自家的,见我走过,她便有些羞愧,自解嘲地说:"不打,也是落了。"

话虽这么说,但对于桂花而言,大概还是自然盛开,又自然飘落,才是好的归宿吧。这女子打桂花,虽没错,可动作也太粗鲁了。

别的花,因为不香,不可食用,因此,能够自然谢落,而桂花,只因花香,可食,亦可作它用,因此,反遭了这般野蛮的对待。

朋友听见说话声,开窗探望,一见大概也不舍,对着女子半真半假地道:"你把桂花都打了,我家就闻不到花香了!"

5

周末,朋友约了去她家,因上天,她从娘家带了许多菜,让我们一起去共享。在饕餮之际,朋友提起,她家小区里开满了桂花,真想摘,却不好意思。

另一朋友便鼓动去摘。此前所见桂花被野蛮对待之景,浮上眼前,我有些犹豫,但想起林黛玉葬花吟"强于污淖陷渠沟"。于是,便随了去。三个人,摘了一树又一树,回到朋友家后,倒进筛子里,挑拣择净,用水冲洗干净,拟蒸熟后再晒干。

这期间，朋友感叹好像回到了中学时光，大家一起做些有意义没意义的事，单纯地快乐着。

回来后，我觉得不过瘾，第二天，自己一个人又把办公室窗外的桂花摘了一气。当朋友在微信里告诉我，她的桂花用微波炉烘干后只剩下半碗时，我担保说："没事，我摘的弄好后再送点给你。"

我采取了阴干的办法，经过三四天的悉心照料，成功地收集到了干的桂花。三淘箩湿花，干后成了半淘箩。我当宝贝一样，用茶叶罐密封收藏。

如此一番，不仅享受了劳动的乐趣，也仿佛藏住了一段花的岁月、花的故事与香的记忆。

雪中的世界

一

又下雪了。

人们怎么那么喜欢下雪呢？一见下雪，便欢呼雀跃，奔走相告。

下雪了，下雪了，快来看！

于是，人们纷纷出来了，跑着、跳着，笑着，仰起脸，伸出手，接住了雪花。一片，两片，无数片……

二

那雪，也最会卖弄风情了。

在天空中，扬扬洒洒，飘着、舞着、逗弄着怀着赤子之心的人。

一会儿，是个淘气的小精灵，在天空中，嬉笑着，忽近，忽远，和人们玩着躲迷藏。

又娇俏地向人们悠然而来，粘到衣襟上，发梢上，钻进怀里，捋得人心窝里也咯咯地笑出声来。

三

雪中的一切都是美的。

撑着小花伞的年轻妈妈，搀着蹦跳着、小嘴叽叽喳喳不停的小孩子，往学校走去，无疑是美的。

那雪枝上探出头的蜡梅，那停下脚步、专注地拍照的人，无疑是美的。

一切的背影，如剪如裁，无疑是美的。

天地成一幅图画，无疑是美的。

四

雪中的一切是幸福的。

那打来电话、发来微信，让添衣，让出门防寒、防路滑的关切，是温暖的幸福。

那雪中送来的祝福，是浪漫的幸福。

那雪中勾起的记忆，是甜美的幸福。

那雪中堆的雪人，是无邪的幸福。

那雪中父子一起打雪仗的欢笑，是天伦的幸福。

五

  雪中的一切是让人醉的。

  天空中，三五成群、扑楞楞飞过的鸟儿，啼落的声声脆鸣，让人醉在了这纯白的苍莽里。

  雪地上，行走的人们，不管年老的、年少的，所有的人，都忽然成了孩子似的，苏醒了一颗活泼泼的童心，让人醉在了这茫茫的纯净里。

  绿蚁新醅酒，红泥小火炉，天晚将欲雪，能饮一杯无？这季候，家人围坐，一屋热腾腾，举箸相笑，话雪事，怎不让人醉在这雪世界的温暖里？

  当雪化了，新春就来了，所有的心，又都醉在了这满满的希望里！

送雪归去

　　心，萦绕着淡淡的忧愁。谁的心中，不偶尔会生出微微的憾意呢？

　　今年的第二场雪，昨起，纷纷扬扬下了一天，赠天地厚厚的棉被，抵御冬天的冷。

　　今天，雪霁天晴，鸟声清脆，窗外的阳光格外明亮，透出欢喜的暖。

　　去送别一下，道一声再见。一年只见一两回，再见还须待明年。油然生出缕缕依恋，那鸟的飞飞落落，是否也是一种形式的道别。

　　天地纯白，粉妆玉砌的世界，是浩瀚天宇赠予人间的雄浑希望。

　　阳光下，竟依然疏疏地飘荡着雪粉，也是在依依惜别吗？仿佛雪仙子衣裾的最后的影。

　　脚下的雪，踩在上面，咯吱咯吱响，好不惬意，声声带起心底的欢快。

　　偶遇几个溜达的人，搭一两句话。人生便是如此。与几个处境差不多的人，一起慢慢把时光走完。

　　常常觉得，人生很无力，做不了任何事，成不了任何业。人在天地间，何其渺小。诚不如，一场雪，下一场壮观。

罢了，回家吧。小小的人，就小小地，完成小小的生命旅程。做不了一场雪，就做一粒雪花。

轻舞过，袅娜过，来过，然后，走了……

雪，去去又回首

　　大前儿，今年的第二场雪来了。前天，雪止，以为明年才可再见。我跑到户外，在阳光下，与雪作别，竟是有些依恋。而昨天，雪又下了，大概也是不舍走吧。

　　早晨，起得比较迟。本以为雪肯定已经去得远了，因为昨天下的雪，小而湿、淋漓、似无力，心想大概下不了多久吧。可是拉开窗帘，呀，外面还在飘着雪，而且是大如盘的雪花呀。

　　这雪，还真是留恋这人间呢。呼唤了人们一夜，人们却不知呼应它的期待，是不是很让它伤心啊。

　　赶紧再度往户外跑去。喜欢雪中走走的感觉，雪很温柔地落在身上，并倏地化了，融入沾着的地方里去。细看，雪花是十分美的。颜色、质感、姿态、形状，无不美到极致。只是雪花存留的时间太短暂，不是聚成雪粒子，就是化成水不见了。

　　在雪地里走着，细细地看看雪中的世界，便常常生出我来过的感觉。人很渺小，在时光的长河中，在浩荡的天地间，常常会产生虚无感。而当踩着嘎吱作响的积雪，看着身边被雪覆盖的万物时，那种我在这世界上存在过的感觉，便会回归。

虽只一瞬，但如雪花曾存在过一样，我确实存在过，如我见证了一片雪花的存在，至少，那片沾到我身上的雪花，也见证了我的存在。或者说，我来过了，见到了这许多的美丽，是很幸福的，便已足够。

不只是雪花，平日里，打一朵小花身边经过，被其独特的花形或是颜色吸引，弯下腰来仔细看时，便也油然生出，花我两相见证、彼此存在着的感觉。

也即是，只要用心地去感受世上的一草一木，用心地感受每天的生活，存在的感觉便会变得真实而厚重。再不会担忧自己的渺小，再不会有虚无与无力之叹。

五月蔷薇香

　　时令一进入四月底、五月初，到处便见蔷薇盛开。红的、白的，都开了个热热闹闹、攒攒簇簇。

　　我家小区内也是，红艳艳的蔷薇花，星星般布满了整个小区的围墙。一朵朵挺立着，用力向外探着身子，好像在向走在花墙边上的行人打招呼。同时，把浓郁的花香，沾上行人的衣，渗进行人的五脏六腑。

　　我家正好靠近围墙，因此，这些天，每次一出楼梯口，眼前便会豁然一亮，心头立即涌上一阵惊喜。

　　今日傍晚和先生下楼散步，一见这面屏障一样的花墙，先生脱口感叹："蔷薇花开得真好看！"嘀，连大大咧咧的工科男都忍不住要把这花儿夸一番啊。

　　透过这热情的花影、沐浴着浓郁的花香，我仿佛又看到了那个蹲在围墙下剪花枝的大个子男人。

　　思绪接回去年八月底。周末的早晨，我和先生走在这条路上，拟去小区东门外的一家早餐店享受美味早点。

小区有十年以上历史了，围墙由铁艺栏杆建成。也就近一两年，才开始发现爬上了蔷薇藤。刚开始时，每段围墙栏杆上只有一两根藤条稀稀疏疏地攀附着。但蔷薇的生命力非常强盛，没用两年，便满墙都覆满了蔷薇。

　　我们一直以为蔷薇是小区物管种植并管护的，直到我们去吃早饭的那个早晨，遇见了那位"园艺师"，才发现，这蔷薇原来是他栽植并管护的。而他家和我们一样是小区里的住户。他是一位花木栽植爱好者，一位现代版的"秋翁"。

　　他看上去五十岁左右的年纪，个子很高。我们遇见他时，他正拿一把大剪刀蹲着在仔细地修剪蔷薇枝。看他长得白净清爽，气宇轩昂的样子，像个大领导而不是花卉养护工。出于好奇，我和先生便与他搭话。果然，他是利用周末休息时间来义务修整蔷薇的，而且这蔷薇也竟是他栽的。

　　"蔷薇易成活。春天插枝，只一年多，就长这么大了。"他一边整枝，一边骄傲地告诉我们。我看见有些枝条已经高达栏杆顶部，长势还真是旺盛，茎条又粗又肥嫩，一根根无比精神。

　　"把没用的枝剪掉，主枝就会往围栏上牵引。否则，旁逸出来，影响行人走路，还容易被清除杂草的工人给锄掉。"

　　原来，剪枝是为了保护蔷薇！我又看看，那些密密地牢牢地把蔷薇枝固定在栏杆上的五颜六色的布条，应该也是他此前不知什么时候扎上去的吧，目的也是牵引着枝条向围栏上攀长，不使因旁逸乱长而"误掉卿卿性命"。

　　"再有一年时间，会长得更茂盛。每一段围栏上都长了，到明年春天的时候，开得满墙的花会特别漂亮！"

　　我们走开时，他还在继续着他的剪枝工作。而等我们吃好早点返回时，他还在那儿极认真地剪着。我想到小区中间主路向北那段长长的围墙上同样爬满的蔷薇，便下意识地对他说："工作量很大啊"！

"不大！"他一付乐此不疲的样子，笑着回答我们。他修整蔷薇枝时一并把墙根处的杂草剪的剪，拔的拔，也给清除掉了。被剪过、理过的蔷薇枝条，妥帖地攀附在围栏上，既清爽又格外精神，透出欣欣然的生机来。

我们这个小区规模很大，有九十多栋楼，三千多住户，一万多的人口。现在，在这个美丽的五月里，这个小区的人们，除了被浓密的绿色包围着，还被这些美丽的花儿护拥着，被浓郁的蔷薇花香熏陶着。果然如他当时说的一样：

"花开满墙，特别漂亮！"

春来百花开，朵朵旧曾谙

一个人的周末，无限的落寞。

下午三点的阳光，如人一样地慵懒，无力地照着。

已是仲春季候，也无心远行，只在小区里转转，以打发意兴阑珊的心绪。

却不意，与百花来了个对面相逢。

出门便是一树白玉兰，朵朵在夕阳里招摇，原来我家门前就有花呀。

遍野星辰般的婆婆纳，用相机给来一朵特写，小小的蓝色的精灵，这么成群结队的，热闹得很，不似我如此孤单。

桃树已先放出一朵两朵的花，来望讯的吧？满树的朵儿，或许明朝就会纷纷迎着晨风笑了。

人家白色木栅栏边的豌豆花，羞羞地低着头。既可爱深红又可爱浅红，是醉得过头了。

一朵小黄花邻居，正偷看她吧。

红叶李是这个时段最强势的花了，这块、那块、大路边、小河旁，一树一树的开，这无力的春光，被它的热情唤醒些，照得天空更明媚地亮。

李树下，遍布这个紫色花儿，绕着树根忠贞地开了个星星朵朵，可惜，我还真不知道它叫啥名儿。

这位"小黄"爱抱团，小小的叶茎顶上一簇开了四五朵，小虽小，但团结就是力量，也吸引了我的眼睛。

这户人家赚了，窗外数棵松树，簇拥一树紫玉兰。打开窗户，花就不客气地伸进头来："你好！我看看你们的家啊！"

树底下的这株小小的白萝卜花，心想，我要是也像树一样，身居高处就好了，那也可以和主人打招呼了啊！

千里莺啼绿映红。这湖边的绿柳红杏，惹得一位中年男士，也忍不住掏出手机拍了一气，真个"何意百炼钢，化作绕指柔"啊。

不时有大群的鸟儿，"哄"的一声，从树丛里飞起又飞落。处处也不时有各种鸟儿，从一棵树，飞向另一棵树。花儿会静静地等我，可这鸟儿太浮躁，又警觉，我一幅都没拍到。

一户人家，门前对称地长了两棵茶花树，一棵红色的，一棵白色的。茶花又叫曼陀罗花，据说，只有富贵人家才养得活，见得花开。

这一树白花，莫不是海棠？睹花，想起一位朋友曾告诉我，海棠花总是开成一簇一簇的，漂亮啊！每到四月初，最是开得盛时，她每年这个时候都要去北京看。

另还遇着了，去年的蜡梅尚零星地抱着旧枝条，人家屋边一丛菜花开得正闹，一棵梨树打了满桠的骨朵儿。

去年的花影尚在眼前朦胧，今年的花儿又次第绽放。虽说看了这些花儿，心情略回转些，可终究还是没情没绪的心，犹有暗叹："这花开的，意义何在？"

一陌生女子从旁经过，见我拍花，笑语，这个时节，什么花都有！哎，热爱生活的你，请告诉我！

倾城为雪狂

昨晚，忽地下起小雪来。

朋友圈里开始有人晒照片。归人、夜灯、纷洒的细雪，构成了一幅轻纱曼绕、光影迷离、雪雾缥缈的朦胧世界。

"白雪却嫌春色晚，故穿庭树作飞花。"

有朋友兴奋地说，要早点睡，明早好起来看雪的世界。我家在顶楼。人站平台上，一眼望去，已是白蒙蒙一个美妙无比的世界，直叫人欲守着这雪下，不忍睡去了。

到得今晨，却起得晚了。打开手机，满世界晒的是雪，雪，雪！雪世界，粉妆玉砌，惊艳了整个人间。美哉！善哉！无言可说其美。

记得，民国有位著名的教授，给学生上古诗词课。一次，讲解一首诗。上来，他先读一遍，然后，赞叹一句："啊，好诗！"又读一遍，同学们都等他作精彩的阐述，结果，他依然赞叹一声："啊，好诗！"

现在的雪世界，便是这般境界。其美，只可意会，不可言传。多说一字，只会害其意，减其美！万般惊叹，只一句："啊，好美！"

看完了手机里的雪世界，赶紧下得楼去，要在现实的雪世界里走一走。雪，一年难得几回见，岂容错过。

推开楼门，扑面而来的，是一个漫天雪妆的粉白世界。太阳已经升高，雪，已经开始晶莹地融化了。

阳光下，正因不是一个被厚厚的雪覆盖的世界，所以，更显得疏落有致。树、雪、红灯笼，相映成趣。那树，见枝、见叶、见雪，这才真真切切一幅"千树万树梨花开"的盛景哩！

邻家美女恰好从外面回来，见我在为一树梨花拍照，便笑颜如花地说："你拍迟了啊，早晨这树上全是雪，现在已经化掉了。"

不过，我觉得这样子更美。全部覆盖着的雪，自有一种壮美，而这半融化了的雪世界，则更多了一份疏朗、一层柔美。

继续向前，那片片小树与灌木交错的树林，被雪装点得似一片白色的珊瑚丛。穿过那条两旁矗立着高大香樟树的小路，不时听到雪"忽喇"一声滑落的声音，便有小雪块嘣一下砸到了头上。

我拉上羽绒服的帽子，以抵挡这调皮的雪块的袭击。一抬头，却遇到一个熟人。"啊，新年好！"真是意外地惊喜啊！雪中，遇到熟人，内心怎么就会噌地冒出许多快乐呢。原来，这也是赏雪的另一种好处。

小区大门处广场上，聚满了人，这边一堆，那边一堆的。红的、黄的、青的，过年的新衣，在雪世界里特别鲜艳，远望，似开出的一簇一簇的鲜花。

走近处。哈，好热闹的雪中世界。

这一家三口，在长条椅上，已经堆好了一个大大的雪人。小姑娘把自己粉色的兔耳朵给雪人戴上，用一只胡萝卜给雪人作鼻子，又把妈妈的真丝围巾围在了雪人的脖子上。

这么完美的雪人，引来一片人围观，都夸："啊，这个雪人堆的真漂亮！"

121

那边祖孙三代不甘示弱，虽然雪人堆得没有小姑娘的大，也没有漂亮的粉色耳朵和红丝巾，可是人多力量大，奶奶一个，爸爸一个，小朋友一个，人家堆了三个雪人哩。绿叶子的眼睛，绿叶子的鼻子，还有一根高高的树叶子的"红缨"，像个威风凛凛的将军哦。

　　这边父子俩，打雪仗正欢哩，别看儿子才三四岁样，做爸爸的可不敢掉以轻心，也用两手去抓满了雪扔向儿子，誓要盖过儿子那威力不可小瞧的"雪弹"哦。

　　那边厢走来一对母女，小姑娘手里拿一根细棒子，棒头上白白的一团，初时，以为是棉花糖，走近了看，哦，原来是一团雪啊！母女俩恰是冰清玉洁的大美人，雪地相映，看一眼，那美的，让人心都似要化了。

　　无论走到哪儿，满眼看到的都是一家子，一趟儿，追逐着雪的人。新鲜的、奔跑的、欢跃的，或静静伫立的，赏雪景的身影，本身就是一幅可供欣赏的画景。

　　继续漫步，不时，会这边林下发现一个雪人，那边桥头又一个雪人。这一个个的雪人的周遭，似乎还回荡着大人、小孩一起戏雪的快乐的笑声。

　　雪，为何能让那么多的人惊喜、感动、雀跃、讴歌呢？她的不常见、莹白、飘飘洒洒，的确是万般曼妙，说也说不尽，道也道不完。

　　雪花飘舞，像天外来客，给人期待；雪后世界，银装素裹一个全新的面貌，给人惊喜；寻雪、戏雪，又给人留下多少欢笑的记忆。

　　雪之美、雪之韵、雪之神、雪之乐、雪之趣，怎不叫人癫狂啊！

　　人们更爱的，怕还是她来把春报吧？她一个轻盈的转身离去，这不，春天就来了！

生活的奖赏

谁不是一脚泥泞，一眼鲜花地过日子。哪个成年人没有关于孩子、事业以及生活的各种暴击。可是生活从来不让人承受无法承受之重，总是不经意地也给你一些甜果子。

当我们学会把不愉快当风，把欢喜的事当树栽下，我们的日子便总归是越过越好，收集的阳光和快乐，幸运和成功的愿望总归是越来越多。

今天，当我正为一些事情沮丧时，无意中翻看手机发现，从昨晚到现在，我接受了命运不少善意的馈赠呢。

上天晚上，走到半路，雨忽然大了，我便想顺路到办公室，想拿一把伞。走到门卫处时，正准备掏门禁卡，那位值班门卫却提前给我打开了门，并且一脸友好的笑容。这小小的善意，竟然也让我心里感到一阵愉悦。

当我一个人正在看书时，却享受到一份削好的苹果。一股暖流在心里荡漾。从来只有我给孩子这样的付出，又什么时候想过自己也能享受到这样的待遇。实在是叫人不得不承认太幸福，太被生活厚待了。

123

早晨去单位时，一路上的遇见，也让人感动啊。这些都是不需要花钱的绿色体验。

过去我对大自然这些花草树木也不是太敏感，未必能体会到从它们身旁经过的好处。自从看了约翰·缪尔的《夏日走过山间》，竟也渐渐体会到那种"只要有水和面包，我就可以一直生活在这里"的美妙感。

高大的香樟树开花了，在高空中，一树一树蘑菇云一般米白色的花团，由细碎的小花簇拥而成，给人可爱温和的观感。走在树下，扑鼻的香味，让人特别爽心悦神。人走过去，应该也沾了一身的花香吧。

广玉兰洁白硕大的花朵同样特别抢眼，一树花也给人眼前一亮、心情一振的感觉。近前看，如白色和田玉一般温润的花瓣，让人特别心生喜爱，都不知要如何对待它了，恨不能它永远不会凋落，永远这么无瑕、这么精神地开着。如果可以摘回去放在家中装饰橱里，真像是一朵玉雕的花呢，甚至比玉雕又更多一份生机和神韵。

绿林中突然出现一座小小的杉木桥，除了一份惊喜的感觉，还有一份自然、安心的感觉直上心头。于我更有一份熟悉和亲切，因为我爸妈门前的大路两旁，十几年了，一直长的就是这种水杉树。从这样的小桥上漫步过去，这个早晨、这片林子的幽静就真正地住进心里了。

也有一个现象让我心里小小地不舒服了一下。就是城市主干道两旁的树上，满挂着灯管。这些灯管，到了晚上让城市变得七彩斑斓，可我觉得这些被电线缠缚的树就显得有些可怜了，它又无力反抗人类的这一行径。

百物千草生机盎然，无论大小，都觉得有一份独特的美感，用葱茏向人们传递一种活泼昂扬的精神。

这不还在农历五月吗，所以粽子的美味依然还在。吃完两只红豆粽子的早餐，这一天都将让我感到无法形容的美好！

回头想，这么多年来，无论我遇到什么不开心的事情，我都是只选择记得好的一面，不好的一面，还真的或从记忆里淡了，或根本就没在记忆里留下痕迹。

如此甚好，不辜负那些好的时光！

觉得生活没意思，换条路回家试试

　　连着有些日子，我觉得百无聊赖，一切都没意思，连我过去喜欢的书稿都没心情整理。于是想做点什么，来拯救自己的颓废，决定每天去看看城里各条不同的路！

　　傍晚下班，立即付诸行动，先从靠近单位门前的大路开始。

　　这条路叫世纪大道，建于2003年左右。当时，市政府南迁，这块地方只有一片农田，没有大道。因此便命名为世纪大道。一来是指世纪之交的特别节点，二来也有开辟新世纪之寓意。

　　同样的，当时市政府大楼是周边唯一的建筑，因此命名为世纪大道21号。21，是因为当时刚进入21世纪。唯一的大道，唯一的建筑，唯一的门牌号。

　　十几年过去，现在周边高楼林立，商务楼、报社大楼、图书馆、科技馆、法院、检察院大楼，环拥矗立。四面延展开去都发展起来了，尤其是城南一片，住宅小区、大学城、商城都早已成了气候。

　　但道路、房子到处都一样。傍晚时，房子全部是被各种灯光打得辉煌闪烁。大路上是下班的车流高峰，奔驰的小车，以及不少人们开着的电瓶车。十字路口较多，每隔不过七八十米便要通过一个红绿灯。路口等候处建有气派的挡雨棚，虽没有听雨楼的古韵雅意，倒也有一种轩敞气派的舒适感。

　　大路两旁的林荫高大密匝，走在树下，心的确是变得安静些了。值得一提的是，出了市政府东大门，南北方向的府东路边，护城河的两岸，高空的李花，近水处的连翘、迎春，柳树下的垂丝海棠，开得正盛，形成了华丽的七彩花岸，实在是美妙绝伦，极为壮观！

　　从府东路与世纪大道交界处出发，向东百几十米左右，便到达南北方向的人民路。一路走，我便一路思考如何让自己的心灵重新活过来，变得能够再次感知生活的逸趣。

　　想着，想着，抵抗没意义生活的办法好像还俯拾皆是呢。换种生活方式，偶尔去电影院看场电影。约几个朋友，偶尔茶座里闲坐聊天。就是晚上回家，与先生二人对饮，他白酒，我红酒，也可以啊（此时觉得特别想喝酒哩，怪不得人们在情绪烦乱时就要喝酒。何以解忧，唯有杜康）。我觉得生活没意义，实在是因为平时过得太单调，因此，适当地参与一些活动，奢侈浪费一下，还是必要的。

　　想起中午先生可能在应酬，我竟然破天荒地觉得这样也挺好的，人就应该适度让自己放松，心情快乐，才有意义。要是过去，我肯定是讨厌他应酬的。看来，那时我生活过得还是不错的，因此，觉得他应酬是在浪费生命和时间。过得不好的现在，发现应酬也成了滋养生活的必须了。

　　就在我转上人民路往南，朝家的方向出发时，先生的电话打来，他已到家，让我从菜场带点水果回去。说他的同事，家中经济条件不是太好，还每天带苹果中午在办公室吃。言下之意，我们比他们要好，更应该天天吃水果。我当然支持，觉得身体也早在呼唤水果的滋养了。于是，

127

拐到菜市场，买下水果，回家。

　　虽然一路没有遇见新奇的东西，也没有什么可以写下的故事，但变换着线路，给自己以新鲜的刺激，心情也就活转过来，不再死水一潭。看来，变化带来生机。明天下班，再走另一条路回家吧。

色与香的季节

今日是十月五号，忽地想起，前天晚上，去小区取快递，一路上，香味扑鼻。什么味儿？挺熟悉的，甜蜜的清香，特别好闻。仔细想，想起来是桂花香。呀，未见桂花开，先闻桂花香了。

这桂花香味，真是十月里特别的味道。别的花儿没见有这么浓郁的香。黄巢曾形容菊花"冲天香阵透长安"。我觉得是夸张的。倒是这桂花香，阵阵地，弥漫了整个小区。况且，别的花香，往往都多少有些刺鼻，而这桂花香，则是沁人心脾的。

我忽然感觉到，原来，十月是充满香气的季节。

历来秋日，被称为金秋。七彩的秋天。田野里的农作物，各种树木，都呈现出红的、黄的、绿的多重色彩来，染就了一个童话的世界。

我单要说说的，是秋天的云彩。

到了这十月，不只是秋高气爽、蓝天白云，更有让人惊艳的晚霞。

记得十月一、二日，我在乡下首次看到了傍晚天空那美丽的色彩，当时惊叹不已。

二号这天，我的日记里有这么一段记载：

"乡村的云真是奇巧，尤其到了傍晚时，真是彩霞满天。天上的云都呈现出特别好看的色彩来。如绮如练，说得大概就是我看见的云色。主要由两种特别舒眼的色调组成，天青色和浅紫色。我妈妈也感慨：'现在不知道怎么一回事，天上老是出现红云。'妈妈所说的红云，就是这散绮的霞吧。"

我原以为，这么美丽的云彩只有乡间才有。然而今天在城里，我也看到了满天七彩的云霞。

当时是傍晚五时四十分的光景，我打小区里走过，忽地就被满天的晚霞吸引了目光，不觉就贪看起来，依然是天青色和散绮色交相辉映。

直看到彩云散尽，天色暗下来，我才回家。当然，彩霞满天的时间也极短，真是有如昙花一现。因此，能够见此奇观，真是十分幸运。

虽然这个假期，没能外出旅游看美景，做着"在家看富人在路上堵车的穷人"，却不意看到了这么美丽的云彩，不输外出旅游了。

误入欧洲风情街，惊见一片异世界

1

假日以来，总是被小区前方的音乐声所吵扰，心想，到底咋回事，有乐队在此吗，怎么日夜不歇？气恨恨地要投诉它了。为了弄清情况，今天便循声走过去。未曾想到，这气冲冲地过去，却走进了一片奇异的花花世界。

2

临近欧洲风情街入口处，便见一支腰鼓队，一边翩翩而舞，一边击打出一片动听的鼓声。腰鼓队的前方，则是二十几人组成的保安方队。噫，这是在搞什么活动吗？

3

更近得前来，广场前方湖面上，随着我先前烦恼的音乐声，一轮大型木风车在悠然地旋转，而稍远处的喷泉变幻着各种形状，时而喷出壮观的冲天水柱，时而舞幻出如"飞天"一般优雅的花型。

4

秋阳当空，蓝天白云下，湖边游人如织。放眼望去，湖的最北边及最南端，分别是用花及绿植形成的两面少女形状的花墙。北面花墙紧临少女面部的前方，立一花牌，上书四个大字："欧风花街"。

5

极目四面眺望，这才发现，整个欧洲风情街，东西向长河的两岸，无论是建筑还是桥面，都用各色盛开的鲜花及绿植装点成一个花的世界了。

6

绕过湖边，步上一座巨大的拱形铁桥，便步入欧风花街。欧洲风情街建起有许多年了，过去我也曾来这边看过。街道东西向，中间是一条狭长的河流，两岸又各分前后街，一列欧式建筑，形成大市区唯一的一条欧式街区，熟悉的人都叫它"欧洲风情街"。

7

随着簇拥的人流一步步沿河前行，徜徉于浓郁的异国情调的花街上，怎一个让人醉的流金溢彩的世界！花裙子的女子，好奇的奔跑的小孩，推着婴儿车的父母或爷爷奶奶，俨然一幅西方神话的画面。

8

花街的一个特色是书香飘溢。

进街不久的一幢建筑，便是"融书阁"，从明亮的玻璃窗瞧进去，便见许多人在里面看书。被吸引踱步而入，外面的热闹立即被一片安静替代。分隔成的几间书室中，都是爱书人，有团团围桌坐着静读的，有四散席地而坐看书的，也有依着书架翻阅的。最让我惊奇的是，刚进门的那个书厅，地面是玻璃地板，下面就是平放的书架，里面也摆满了书，这景观我还是头一回见到。

再向前不远处，又有一木屋"托馥书院"，而紧邻其东边的"阅读广场"四字，让我明白了这一带为何有这多别具风格的书屋了。

9

花街让我印象深刻的另一个特色是音乐到处在流淌。

河面上，一只大花船，由东向西，由西向东，缓缓飘行。船上是一支三人组的乐队，船在行，吉他声、鼓声，也在水面上流动。

在一坐桥上，面向金色的夕阳，一位萨克斯手，把嘹亮的乐声不断送进人头攒动的人群中。

在这片区域，河边有一栋建筑的整面墙上，用花和绿植拼成了一幅音乐画墙，画面上，一名男子正在弹奏钢琴，琴的上方，两束乐谱如白丝带一般，袅袅依依，似在舞动。

10

最让人叹为观止的当数一座座美丽的小桥了。

河面上，每五十米左右便会有一座小桥南北横跨。除都呈拱形外，每座桥便各有不同形状。同时，每一座桥都有一个特别的名字，喻载着一段美丽的故事。

"女神桥"讲述的是希腊神话中爱与美之女神阿佛洛狄忒的传说，"花之箭桥"讲述着月亮女神的故事，"皇冠桥"流传的是拿破仑与其爱妻约瑟芬的佳话，"公主雪桥"则是妇孺皆知的美丽的人鱼公主的故事。

爱情锁桥、丘彼特桥、玫瑰桥……每一座桥都有一则美丽的传说。

11

繁华的街道，从来就不会少了商贾云集，花街更是洋洋大观。

两边的建筑内，让人垂涎欲滴的，是世界各地的小吃。这商铺可以说是三进式的。河两岸建筑内的，河边街道上临时的小推车，最让人视为奇观的是水边一挂接一挂的小花船，这些小花船，或是卖小吃，或是卖玩具，或是卖土特产的，这些"水上花船铺"在别处少有见到吧？

永远让人惊叹神奇的还是那些民间艺人文化，糖人、面人，一勺糖稀、一小块面团，转眼间化作了形神毕肖的龙、凤凰、蝴蝶、猴子、梁山108好汉……

那叫一个绝！

12

从花街上走过的蓝装"普鲁士士兵"、黑帽红衣的"皇家侍卫"、跳舞的"机器人"……都让老少游人眼前一亮,心头一乐。

13

回望欧风花街,夕照辉映,异域情调更浓郁了。阳光铺满河面,一河流水,化成了满目金色,华丽逼人。

带着这份奇遇的神奇与兴奋,在返家的路上,那喧嚣的音乐再次灌进耳朵时,我才发现,原先要投诉的气愤心情早抛到九霄云外了。

十五的月亮十六圆

又是一年中秋时。

如今多数人都是在外打拼，因此对于中秋节，总会特别地敏感。

每当此刻，历年过中秋的情形，便如电影画面般地从眼前一幅一幅地闪过。

虽然十五这日或许都已经回到各自所在的城市，但此前总还能够幸运地一大家子团聚在老家吧？

老老少少，言笑晏晏，酒浓菜丰，那是特别幸福的时光！

或许也有人家，因为要值班，或实在处千里之外，不能与家人一起，共享融融欢乐。但只要合家安好，纵使在这特别的日子里，只能望月遥祝，也就"不应有恨"。家人相亲，在哪里心也不会远！

稍显遗憾的是，今年十五这日，却遇着了阴雨天气，赏月似乎只能待明年了。

十六这日，白天仍是阴的，且时不时落下小雨来。本拟无望，暗叹今年的中秋终归是见不到月亮了，没想到，到了晚上的时候，一轮圆月却悄悄地出来了，不知有几人注意到了呢？

晚上到菜场边上一家小店购物，看到店主一家及亲朋好友，不少人团团地围坐着，正在把酒言欢，特别热闹，真羡慕那浓浓的烟火气息！如果我们在老家，此刻不也可以像这样吗？

世事难以两全，都团在家里吧，事业就没法发展，也就没有富足的生活，在外打拼吧，家人就不能团聚在一起，只能忍受冷清与孤寂。

到得晚上九点多时，忽然有人叫到阳台上去看月亮。哟，不知何时，天色已全放晴了，中天一轮朗月，洒下清辉满空。

果然是十五的月亮十六圆。这下应该是月明人尽望了。月亮滟滟，穿云而行，留下一天月景，十分壮丽，更撩人许多想念之心绪了。此时，千言万语的祝福，且借这一轮圆月相送。

做个小妖也快乐

周末上午,加了一会儿班,心情郁闷。回家时,尹红依绕道去了市中心公园,想随意走走,散散这不甚宁静的心。

春日迟迟,阳光温柔地照射在园内的花草树木上,不时有各种鸟儿经头顶上空飞过,从一丛林木飞入另一丛林木,不见踪影。

自在的鸣叫,也在密林中,此一声,彼一声,时时响起!

一切是多么自由而惬意啊!尹红依深叹一口气,唉!可我的心,却被一些琐碎的想法紧锁,这暖暖的阳光,竟也驱不走弥漫的失落感。

近日,闺蜜杨娟男升任企划部经理了!五年来,与她同期进公司的小姐妹都晋职的晋职,加薪的加薪,唯她,始终没有机会。不仅如此,她的顶头上司"白三眼"(因长着一双三角眼、肤色苍白,部门人便送他这个雅号),又似与她前世有仇,总看她不顺眼,处处刁难她!

心比天高,命比纸薄啊!

尹红依从小就被教导凡事要出人头地,要追求风光无限的人生。

听得多的是历史上"大人物"的故事,被灌得多的是"独占鳌头""荣归故里"的价值观，现世见得多的也都是"高管""大官"、见鬼的"CEO"。

反正，普通的人是不受待见、被低看一眼，甚至被瞧不起的！

在这种社会"大文化"的滋养下，尹红依也成了"好学""上进"的人，因为希望在公司里能够崭露头角，一定不曾少了苦恼，可是出身草根家庭这个"小文化"的耳濡目染，又让她成了老实本分、不善求得"贵人相助"的人，所以想在一众人堆里闪光，梦，有点远了。

过了一座狮子桥，拐弯时，忽听有人叫她。哦，是公司同事郑小叶，带着她六岁的女儿。

别看她女儿那么小，可是郑小叶已经四十七岁了。她婚后一直不能生小孩。看了若干医生，受了无尽的折腾，才在四十一岁时怀上。

小女孩蹦蹦跳跳，总要挣脱她妈妈牵着的手，对一切充满了好奇，快乐地追着蝴蝶、追着阳光奔跑。

郑小叶过去辗转于医院之间，根本无暇考虑职务、薪水的问题。有了这个宝贝小女儿后，又把全部的心思扑在孩子身上，更不考虑这些"身外之事"了。所以她如今是所在部门里年龄最大、职级待遇却最低的同事。

可她，却似乎任何感觉也没有，整天笑着生活，全身心散发着幸福的光芒！尹红依忽然觉得，她这份淡定、安静、喜感，十分让人感动。心中顿生钦佩并羡慕！

过去，因在班上只见她一个人，这种感觉还不是很明显，此刻，在偌大的公园里，在明媚的阳光下，她母女这幅恬静快乐的图画，让她的心也一下子亮堂起来。

她想，我不曾经历郑小叶那样的人生曲折，老天让我顺利地拥有了一切：大学一毕业便进了现在这家上市公司工作，老公体贴，孩子聪明阳光。我还有机会不停地追逐着新的目标。

原来，我苦恼，是因为我轻易地拥有了太多，然后还不停地升级欲望，盯住新的未曾拥有的目标。

尹红依边与郑小叶闲聊着，边跟着奔跑在前方的小女孩慢慢走着。忽听小女孩用甜甜的童音唱起了歌——太阳对我眨眼睛／鸟儿唱歌给我听／我是一个努力干活儿／还不粘人的小妖精……

哈，尹红依不禁莞尔而笑，这是一首脍炙人口的歌，电影《万万没想到》的片尾曲，歌名叫作《大王叫我来巡山》。

她非常喜欢这首歌，节奏轻快，朗朗上口，更主要是喜欢歌中那份悠游自在、快乐、对自己的小妖身份安之若素的心态。

此刻，经遇了同事郑小叶，再听着她女儿的歌声，尹红依这份感觉更强烈而明晰起来。应该学习《大王叫我来巡山》里的小妖，努力干活儿，晒晒太阳，听听鸟语，做做自己喜欢的事，悠然地生活，不羡鸳鸯不羡仙。

尹红依立即从手机里翻找出这首歌，把歌词重温起来，并暗暗决定，从今往后，要时时提醒自己，淡看得失进退，安心做一个快乐的"小妖精"！这么想定后，她便也快乐地与小女孩一起唱起来——

太阳对我眨眼睛／鸟儿唱歌给我听／我是一个努力干活儿／还不粘人的小妖精。别问我从哪里来／也别问我到哪里去／我要摘下最美的花儿／献给我的小公举。大王叫我来巡山／我把人间转一转／打起我的鼓／敲起我的锣／生活充满节奏感。大王叫我来巡山／抓个和尚做晚餐／山涧的水／无比的甜／不羡鸳鸯不羡仙……

第四辑　厨房的烟气，缭绕故乡的味道

办公室的美食

早晨，上班路上，心里盘算着到单位食堂吃早饭。想到吃，来劲了，脚下便轻快起来。这时，电话铃音响起。一看是短号，且有点熟悉。头脑中浮现出一个人的样子来。知道大概又带什么好吃的来了。果然，一接通，便传来欢快的笑语："到我办公室来啊，我带饼给你吃了。"

"呀，好啊，等我食堂吃过早饭就去。"

"不用去食堂了，直接当早饭。一个吃不饱就吃两个。"想了想她又说，"但是饼里没有蛋白质，你就从食堂带份酸奶上来吧"。

我真的照她说的，去食堂只买了一盒酸奶。上得楼来，放下包，直奔她的办公室。她拿出一塑料袋，卷开袋口，露出袋中的饼来。呵，一看就够诱人的。是软软的、绢白色上浮泛着黄色的米糁饼。

我拿到自己的办公室，就着一杯咖啡，美美地享用起来。

她孩子上大学后，生活上的闲时相对多了，便总是做出各色好吃的带到班上来，让同事们品尝。不少同事因她享受了口福。

烤馒头片、榨五味豆浆、自制小饼干……品种还真是不少。

我曾建议她把这些小食品及制作过程发到网上，一定会引来围观，让看者洒一地口水。她没有采纳，只一味地想着做各种好吃的，然后乐呵呵地叫我们去吃。

我一方面感觉有趣，一方面心里有欢喜和感动。同时，我也很羡慕她能够对生活有一腔热情。而这，可能是现在不少人，过着过着，就丢了的心情。觉得什么都没意思，什么都不想弄，意兴阑珊。

始终有生活热情的人，是智商、情商都比较高的人。是有趣且幸福的人！

紫薇花开季的早点

正是紫薇盛开的季节。

八月初，去乡下。一路上，农作物的绿与紫薇的多彩，交相辉映。加之台风带来的一场雨，让一切更显生机葱笼，万分惹人喜爱。我想起城里人结婚时，新娘要穿过花廊，走向她亲爱的王子。还不如到这乡下路上来走过。嘿嘿，这路两旁的紫薇花天然形成的"花廊"，绝对比那人造的要漂亮上千万遍。

果真执手走在这样的花廊下，那才真是幸福的花树，幸福的新人，幸福的新生活呢。

乡下的景，城里的食，从来都是天堂的样子。

闺蜜约了周末一起吃早点，我欣然应允。因为闺蜜是美女啊，和美人在一起，是享受。

餐馆位于水街，那片集古风今韵于一体的地方，是盐城的特色去处。几横几纵的明清风格街市，街市外串场河流水汤汤，街市内绿荫环抱，还有曲桥、小河、回廊、青瓦、红灯笼。

掀开门楼处的挂帘，踏入室内。呵，有着繁华集市般设计的餐厅内，坐满了用早点的人。

目光在"市面"上寻找着闺蜜，服务员根据我说的特征，往东南角方向一指，我便看见闺蜜正站起身，向我招手。相交十几年，她一直是垂耳中发，今日却束起来，乍看像个小姑娘。我都有点恍神了，以为看错人了呢。

闺蜜笑意盈盈，面庞上泛着光彩，只是眼角还是有着鱼尾纹的。见不得时光流逝的我不免又要感慨，岁月不饶人啊，如何才能拽住时间，不让它带走我们的年华呢。

大眼妩媚，容长脸儿又透着清秀，饱满的额头好像在无声地告诉人们："这是一个聪慧的女子。"看着闺蜜，我心头瞬间冒出一份感叹：年轻时真不知美成了啥样子呢！

其实闺蜜的魅力，更主要在她的性情上。洒脱、热情、豁达。静可诗意地栖居宅家，动可外面的世界上闯荡，是个能照亮身边人的女子。每次和她共处，这心里好像都不知不觉地被注入了喜悦和力量。

闺蜜征询我想吃什么，两个人对着菜单搜索一番，闺蜜又跑到前面橱窗里看成品展示。最后，点下一盘虾饼、一笼五谷丰登、两碗手磨豆花，再泡上一杯闺蜜带来的花茶。呵，真是丰盛中有素朴，油俗中有清气。

闺蜜从去年开始与鲜花、茶和书相伴。她家经济好，完全有条件过品质生活。别说，久久浸染之下，发觉她由内而外越发地呈现出花的艳、茶的清、书的雅气来。

人声喧沸中，我们俩一边享受美食，一边聊天。最大的感受是现在真幸福啊。不仅可以享用这样的早点，还可以不断探求精神层面的滋养。且行且珍惜，平素的我们，不应该再有抱怨，而应该更加努力，以对得起生活给我们的馈赠。

又聊起孩子，这是女人们在一起绕不开的话题。

闺蜜的孩子学的是艺术类专业。曾在海外名校学习，又考进国内一流的院校深造，拟攻读博士文凭。

我内心深切地感触，现在的孩子是何等的幸福，可以到那么远的地方，看那么广的世界，学那么多的东西。艺术，单单咀嚼这二字，便觉得是无比甜美的事。

能和闺蜜一起吃这样的早点，我觉得这个早晨特别有意义。美人、美食、美谈，让我意识到，我一直被幸福包围着！

用完早点，我们准备走人。从前台经过时，闺蜜在前面径直走出餐厅大门。我心想，这家早点店大概是现点单现付账的吧。

然后，闺蜜出去有事，我让她顺路到我家，取走下周末读书分享会上要用的书。当我从车库中捧出一摞书拟放到她车上时，她从车窗探出头来突然说："忘记了一件事，只顾着说话，吃早点的钱还没付就出来了。"

呵呵。两个女人的早点，一点意外的花絮，总结了这个美好的早晨。

新鲜菱角谁先尝

回乡下老家,中午,一家子正在堂屋里吃饭,忽然听到外面传来舅家大儿子和他九岁小女儿的声音。原来,他们采摘了菱角给送来。

我跑到院子里一看,两个白色透明的塑料袋内,装满了菱角,有红菱,也有绿色的菱角,红绿相间的两角菱,煞是好看。尖尖的菱角尖,把袋子都戳破了。打开一看,还湿漉漉的,显然是刚从水里摘了便拿过来的。

印象中,在我小的时候,我们这里有菱角的,但是很少,后来则全不长了。毕竟这里不是水网地区,河流虽然不少,但水养生物和水长植物却不多。近年来,这里人家更是忙着搞蔬菜大棚,根本不搞水产品养殖。

今年他们突发奇想,长了一点菱角,听说我们回来,竟然给我们先摘了送来。据他们讲,摘的时候发现,要么结的很少,甚至没有,很多也还没长大。

农村亲戚,很是淳朴,外地的客人回来,就要表示出热情来,不是送来花生，就是送来青椒。反正他们认为什么稀罕便送来什么，什么新鲜便送来什么。只要听说你回来了，便会来串门，带上两样土特产过来。

　　这样的民风，让我喜欢，也很感动。在城里，有"好东西"我们都送给谁了呢？有几个送给邻里或者相处无求的朋友了呢？

处处菊花开

中午下班回家，从小区穿过。一路被菊花美了眼，美了心情。

先是走到湖边，被坡岸处一丛小小的黄色菊花吸引，心头一喜，赶紧上前拍照。近前看得仔细，一朵朵小花，像是一朵朵微缩版的向日葵。

这应该就是小雏菊吧，我心里想着。这小小的花朵，真是可爱。又开了许多，好比一群幼儿园的小朋友挤在一块，很热闹哩。

再向前走，哎哟，原来这种小黄菊可真多啊，到处都是。各家门前，小院旁，大树底下，都长满了。

小区里，在一栋楼的后面，有一块地方，格桑花开的依然艳丽得很。这花开了好久了，早先的时候，我就想拍照，当时因为有人在旁，怕人家笑话我像个小孩子，因此没好意思拍。后来因为不从这边走，便把它们忘记了。这起码有一个月过去，这些花儿竟然还在开着。有明艳的鹅黄色的花，有特别绚丽的橙黄色的花。世上的花儿真是奇怪了，什么样的花儿都好看。世上的花儿应该有一个共同的名字，像一个漂亮女孩的名字：阿美！

还有一家人家的门前，在密匝的小黄菊中，开了三两丛紫色的菊花。花朵比小黄菊大了许多倍。一样地特别吸引人的眼睛。我下意识地蹲下去拍照、欣赏。忽觉阵阵浓郁的菊花香袭来，不由感叹：啊，好香啊！真好闻！

走近我家时，依然有小黄菊处处开遍。这时，不远处传来男孩子的嬉闹声。原来是小区里的小学生放学回家了，正滞留在半路上玩耍哩。有楼栋的窗户那儿，传来大人叫孩子名字的喊声。小孩子大声答应着，然而却一点没有回家的意思。

刚才一路赏花，我的心情也如花般美好起来。这时看到一个男孩，正蹲在人家施工的黄沙堆前，玩得起劲哩。每每看到小孩子，这么投入地玩的时候，对着大人眼里根本懒得看一眼的东西，比如这黄沙，比如泥巴，总是玩得其乐无穷时，我不由得觉得，大人要向小孩子学习，觉得这世上一切皆有趣，一切都是那么好玩。

拥有这样的心态，就会觉得世界上没有困难的事，也不会有烦恼。而是整天快乐，觉得来到人间真是超级有意思！

餐厅里的变脸

这些年，发现城里饭店里，除了打出招牌菜，往往还会配上与店面风格一致的节目表演。有这么一家川菜店，就是让人一边品尝辣菜，一边欣赏变脸。

这家店位于城南一条商业街上，坐北朝南。

古典豪华的门楼下走进去，一楼是通道，被装饰成迎宾厅。风格倒是比较风雅。左手边摆放着一套华丽的红木茶桌、椅及茶具。两边墙上挂着丰子恺的画作，全部红木边框装裱。

厅的尽头是电梯，乘电梯到三楼才是餐厅。

餐厅中央饰以一棵大树（估计是厅的支柱），青翠的树冠枝披叶散。树下四张圆桌，每桌可坐十二个客人，所有客人都在巨大的树下，感觉很有些世外仙山中的悠然与逍遥。四围开去，南北两边是一间一间毗邻的木格隔开的小隔间。东西两头再以小走廊隔成对门封闭包厢。满厅里缀满红红的灯笼。走进大厅，又有种走进夏日傍晚农家庭院的感觉，身心顿觉安然和惬意。

我们那次选坐的是边上的一间小隔间。
　　餐厅里，大厅中间的圆桌、两边半开放式隔间里都满是客人。后来知道，两头的封闭包厢也都客满。服务生们不停地跑来跑去，点菜、上菜。感觉生意红火得很。每道菜里，总有红红的辣椒，因此，菜色好看，辣味助兴，餐厅气氛更显热闹欢腾。
　　大概七点时，忽听锣鼓声响起，人声也更兴奋嘈杂起来。原来，节目表演开始了。就一个节目，变脸。一位身着电视里看到过的黄色戏服的人，不知何时已来在了戏台上，演开了。锣鼓声喧，表演的动作幅度很大，仿佛让人感觉到裹挟起了风。随着他的一侧身，一甩头，脸谱便换成了另一副样子。
　　紧接着，表演者快速地向中间大厅的圆桌客人走来，一番表演，声声叫好声从那边的人群中响起。一会儿，风行一般来到我们这边，一个隔间一个隔间的演过去。只见那人撩起黄色的披麾一摆，脸谱便变了，或颜色，或模样。客人正兀自惊讶未定，那人又在激烈的锣鼓声中，向客人抱拳或握手。有时还变魔术似的送上一只小玩具。这里演完了，旋又疾行如风地走向了两头，闪入那边封闭包厢里去了。
　　前后应该有四十来分钟吧。据说，这个表演者每晚都差不多这个时辰来表演。这里表演完了，还要赶下一个场子。表演者一走，餐厅里好像就安静些了。但那表演时的震撼画风却深刻在头脑中，余韵久久，挥之不去。

初冬,花有故事叶有情

突然心口有些疼,大口呼吸,略微平息后,我意识到,可能在办公桌前坐得太久,于是,决定到楼下去转一转。

走到自然界中,走进树木花草当中,人会不知不觉得到放松,心情也如花之好,如叶之静。

早晨上班途中,被行道旁白果树的金黄色震撼到。下意识对一起走的同事说:"秋天的树叶太美了,美得有些发疯!"

同事说,北方的树叶更好看。北方树叶各种颜色,多彩得应该用"绚烂"来形容。天空也更蓝。"秋高气爽"真正是形容北方的光景的。我们盐城空气虽好,但和北方比还是有一点差距。

秋天,我没有到过北方。因此,我觉得我们这里的秋色是美丽到了极致。

下了楼,到旁边的小树林那儿去转转。一进入林间小径,首先迎接我的是站成一排的五六棵樱花树。一树一树的艳丽的叶子,打开在眼前。不由感慨,春看樱花,秋赏樱叶。樱花树还真是不停为人们奉献美丽的树啊。

小径的另一侧，靠近河边那儿，是一排四五棵红叶李。同样叫我感慨：春赏李花，秋看李叶！樱花树叶黄红色，李树叶深红色。樱花树的叶艳得放肆，李树的叶艳得内敛。

前两天才在《人民日报》上看到，说如果看到"加拿大一枝黄花"要举报。我看，小径旁边，三两株醒目的黄花，好似是要举报的"一枝黄花"了。

走过密匝的"竹墙"，来到木槿密集的地方。记得春天时我曾数过，大概有十五株。木槿叶，一片嫩黄色，让人心也跟着柔软，不敢去触碰它们，生怕把它们碰伤了。李树叶、樱花树叶，让人忍不住要摘下来仔细观赏，放在掌心或者办公桌上，就是一幅美丽的画。而木槿的叶，让人想到的是要好好守护它。

还有一种树，很高大。树皮颜色呈白绿色。春天时，我曾为它写一篇文章《树的深意》。我不知道这树名。当然，是否知道名字并不要紧，文字无法表述出它的形状也不打紧，关键这棵树，它的气质曾吸引我，精神曾感染我，给我以愉悦心境。在我和这棵树之间，有着独特的感情连接。此刻，高空中，它的叶，燃起了一团棕红色火焰。比先前樱花树叶、李树叶、木槿的叶，都要更明艳和闪亮。

突然看到一个熟悉的身影，是过去在冬天的时候，一起来这里晒太阳的朋友。后来不知什么原因，联系日稀。今年我也曾邀约她再一起来晒太阳，她也答应了，但此后，我再没喊过她，她也没喊过我。

在机关工作，可能就是这样，大家宁愿一个人独处。彼此也不要说原因，就这么地疏离，渐行渐远。

其实今天来之前，我本来还喊了另一个朋友的，可是她不敢走出办公室，怕领导届时有事找她。

在城市里，人与人之间，交集交流或多或少存在一些障碍。不像在农村，无论何时，喊一嗓子就能拉起家常。彼此无隔阂，相谈热烈且欢乐。

　　幸好，在城里，与孤独相处时，还有自然界的花草树木可以相伴。然而许多人很忙碌，往往不能让自己走进大自然中。可是我想告诉大家的是，越是走进大自然，才越能舒缓忙碌的疲惫与焦虑，能够消解来自各方面的压力。

　　多看花，心情如花美。多看树，心情如树静。

外地妹子开的小饭店

中午,到小区西边一家饭店吃中饭。这饭店叫什么名字我不知道,它连个门牌都没有,或许是有,但太小,我没看到。

进去,店内只一个男人,正在吃饭。后来知道,这个人是老板。也没有别的顾客,老板娘也不在。

我正看着墙上的菜单,犹豫着吃什么时,老板娘进来了。老板娘长得算漂亮的,高个子,雪白的皮肤,漆黑的眼睛大大的。

我以前来过一次,老板娘一下子就认出我,问我今天吃什么。我点了一份炒面。

老板娘进里面厨房区操作。因为店里就我一个顾客,老板娘就隔着柜台和我聊两句。

她的口音不是本地人,我不怎么听得懂她说什么。不过,这听不懂,反倒觉得她的话好听。本地人讲话,都听得懂,就如同白开水。她这话半懂半不懂,听上去就觉得有味儿。

炒面做好端上来,老板娘就坐到刚才老板吃饭的地方,一边吃饭一边和我聊天。

老板娘很骄傲地讲，她家炒面好吃，凉皮好吃，盖浇饭好吃。许多人到这边吃了，会再点一份打包带回去吃。有的人不仅自己吃，还推荐同事来吃，或者打包带给同事吃。

老板娘说，有次有个人专门找到她家来要吃炒面，但是找不着门。说到这里，引起我的共鸣。我感叹道："是找不着，你家门太小了，又没个招牌。刚才我差点走过了，下劲找才找着你家，为什么牌子不挂啊。"

"市场管理不肯挂呀，怕影响市容，这里是市政府旁边，管理得可严了。"老板娘无奈地说道。

在聊天过程中，我知道了老板娘家靠近徐州、山东那一带。"也可以说是徐州人，也可以说是山东人。"老板娘告诉我，"我老公也是外地人，他是北方的，我们两个都是外地人。"

在说话的这段时间内，来了一位客人，点了一份鸭血粉丝汤。老板娘让老板去做，她继续吃饭并和我聊天。

我今天是第二次在她家吃，两次都觉得她家做的东西好吃。可是，因为门面小、不显眼，不注意就会走过去，因此，好像知道她家店的人真的不多，这门店里都没什么客人来。真可惜了她家的"好吃"了。

吃好出来时，我特意仔细看了她家的门店，仰头看上方可有门牌，楞是没有看到。

不觉感叹："这外地妹子在这里做生意，也真不容易啊！"

八十六岁老妈妈要请客

遇见，给我美好，给我幸福，记录，用文字表示我的感恩。

1

大清早，我便见爸爸在已经打过的红豆秸秆里拣遗漏的豆荚。妈妈在喊："老爹爹啊，收手吃早饭。"

先生从厨房里端出一盘菜来放到餐厅的桌上，一股青椒的香味直扑我鼻腔，撩得我跟过去一看，啊，青椒炒百页。和所有的农家菜一样，新鲜、朴素、本味浓郁、充满诱惑的一道早餐菜啊！

吃了这样的农家菜，那菜所包含的新鲜、元气，立即转化为人的力量，让人也变得充满活力，特别有精神呢。

2

爸妈劳动了一辈子，只要有一丝力气都要花在劳动上。

去年开始，大田给人家种去，还剩下点自留地，他们就在这小小的地方上，继续他们的劳作。依然种大棚青椒、番茄、黄豆、红小豆、胡萝卜、山芋、扁豆、包菜。

他们力气变弱小了，就用一些缓慢的方式，或者借助一些器具继续劳动。

像红小豆，过去量大，都用"连盖"打，现在收割的每一道程序，都用手工。从田里把秸秆割回来，爸爸就先将豆荚摘下来，晒上两天后，再细细地剥出豆子。

下午时，爸爸用带白铁皮车厢的小车，到井那儿打满水，推到田里，浇菜、浇青椒苗。

妈妈则在烧火，我问她干什么。说是先把肉煨在锅里，不然明天来不及。

妈妈说的"来不及"是指明天请客的事。

刚才提到，爸妈一刻不停地劳动，他们搭大棚、下大棚这些活儿，单靠他们两个人根本应付不了，就会请住在同村的我的表哥、表姐以及邻居来帮忙。现在我们回家了，爸妈就趁机请他们吃顿饭，以表感谢。

饭局定在明天中午，所以妈妈今天吃过中饭就准备开了。

也难怪，一个八十六岁的老人，要请客，确实够呛。像我们现在在城里，根本不可能在家做菜招待客人，都是上饭店。没有那个精力做得到啊，而况他们两个八十多岁的老人呢。

妈妈把肉先放进大铁锅里，加进水，烧开，倒去水，肉沥干水，切成方块，加进料酒、葱姜等佐料，大火翻炒，逼出油来，再放进水，灶膛里架进粗大的木材，开始煨肉。农村土灶大铁锅煨的肉，味道那叫一个香。城里哪家饭店都做不出这等好味道。

肉还在锅里煨，妈妈又开始取来洗好的山芋，边上放上大盆子，人坐下来，细细地切山芋，切成小丁，装进大盆里，用来喂羊。

再然后，开始择小青菜，准备晚饭。当妈妈抱了不少草放进灶后时，我问："为什么要抱这么多草回来呀？"妈妈说："我要准备好明天烧早饭的软草啊！"

一刻不停歇劳动的我的爸爸妈妈呀！

我以后也要像他们一样，不停地让自己处于干活的状态。

3

十一月，傍晚的乡村，实在大美到叫人惊叹不已！

辽阔的天空，一色水汪汪的淡青色，清澈得叫人心都要化了的淡青色。而天空下，则是大片浩瀚的稻子的金黄色，天地共同构成了一幅艳丽无比、延展无边的油画世界。

4

乡村的麻雀特别多，多到什么程度，光听声音，觉得整个村里就好比是一个麻雀养殖场。

不时见到许多麻雀在金色的田野上空飞过。人向田头走去时，麻雀会"哄"的一声，四散惊飞，天空中更是黑压压、密密麻麻的麻雀，好像电影里黑压压的蝗虫飞来的画面，把天空都遮蔽了。

"现在麻雀太多了，一天恐怕要吃掉上百斤的稻子！"妈妈对我感慨道。

想吃木桶泥炉烧饼不得

  白天,经过深思熟虑,我作出一个重大决定,以后,每个晚上要走不同的路线回家,以给日复一日机械循环的生活一点新鲜。
  当然,本市没有那么多条路给我走。
  不管怎么说,先走起来吧。
  想起南边小区有一民族风味浓郁的小吃店,尤其是小店门前的木桶泥炉烧饼,哎哟,掉哈喇子了。于是,向那方向绕去。
  天色尚亮,但是因为一路走一路发微信,走得就慢了。待到小食店时,发现天竟渐渐黑了下来。
  台风"安比"还有一点影子,天上忽地又乌云漫布了。一会儿落下几滴雨来,一会儿刮一阵大风。但都调戏人似的,转眼又没了。
  第一次吃那烧饼,也是误打误闯地走到了那店。叫什么名字忘记了,反正吃过一回,从此馋虫永生。
  做烧饼的师傅,戴着一顶少数民族的帽子,站在操作台前,一手拿着小小的擀面杖,一手灵活地转着小小的面皮。

馅在此前已经包进去了的。有黑芝麻白糖的，有牛肉的。擀好后，就贴进一旁的木桶泥炉里。一会功夫，熟了，取出，饼香四溢。

可是今天，待我走到那边，却不见师傅人影。操作台前空空如也。一个小师傅告诉我，老师傅请假，回老家了，要吃烧饼，明天他就回来了。

真叫人惆怅，但也只好快快地往回走。一边想着，明天再来吧。

美食的周末

早晨,一场大雨,又急又猛!楼下车库都进水了。后来,丁二肖打电话回来,对荀悠然讲,他出去时积水可深了。"有你茶杯那么高的水位!我淌着水去公交站头的。"

丁二肖五十岁了,在公司里负责安全这一块,因此,每到周末他都说要去加班。从年轻时便这样,夫妻二十多年,荀悠然也适应了。

近年来,这天气越发地奇怪了,一天当中,那是晴天、阴天、下雨,爱怎么来怎么来,荀悠然想,这天气就跟她的心情一样。这不,中午时,太阳突然出来了,虽然已经是八月中旬,却依然火辣得很,悠然都不敢往外边跑。可是这到了晚上,又是一天大雨浇下来。而风雨欲来之时,那天空上的云彩,蔚为壮观,她忍不住拍了一些照片。

上午,趁着雨后的凉爽,悠然到附近菜场,买了饺皮子,一点点肉,又加些苦瓜、洋葱、韭菜,剁碎,调匀,包成饺子。丁二肖和多数四五十岁的男人一样,腆个大肚子,一看三高至少有其一,所以她用了心,欲包成素饺子,那点点肉是为了调味的。包好的饺子,一只只排放在盘子里，胖乎乎，圆饱饱的，个个精神，似乎在诱惑人："吃我吧，吃我吧！"她忽然想，要是儿子在家就好了，虽然过去他总说："啊，饺子啊，吃不饱！"可是一下子能吃二十几只哩！他现在在外，如果想起这饺子，一定感觉别有滋味吧！她也忽然觉得，用心做出的美食，能治愈一切的不快乐与烦恼。

其实，这饺子是到下午才包的，因为近中午时，丁二肖突然打回电话说："在外吃个饭再回去。"她听了心里当然不高兴了，可是又能说什么呢，这年头，在家吃饭的次数少了，更多时候都在外面应酬。过去她也因此心起波澜，现在已经平和多了。

人，有个成长过程，总要走过了一定的路，经过了一定的事，然后，才能够不再陷入激烈的情绪中。过去，她治愈坏心情的两大法宝，便是看寿而智者写的书和下厨做美食。

用情绪表达，不但化解不了生活中的各种矛盾，反而会让两个人心情不好，变得更加隔阂及冷漠，最可悲的是，可能给孩子造成不可弥补的创伤。年轻的时候，不懂得平静、容忍和宽厚，也不懂得为孩子着想。两个大人图一时口舌之快，把家里的氛围搞得一团糟，那在孩子身心上会起什么化学反应？大人们一般不注意这一点，可等到日后受到报复时，悔之则晚了。

所以现在荀悠然对丁二肖的所有的行为不抱怨、不气恼。当然，这寻常烟火生活里，又哪能不有个磕磕碰碰的时候，又怎么可能事事都能够夫唱妇随呢？这不，平日里，荀悠然可会见缝插针地对丁二肖"洗脑"，以保证丁二肖不至偏移她荀悠然的三观太远。

当然，男人最烦女人喋喋不休了，所以荀悠然又注意打一巴掌给一个甜枣，这不，你丁二肖不是说中午不回来吗？她这素饺子包好，晚上正好给他丁二肖涮油肠子。

不够？再给烧一壶新鲜的荷叶茶候着。

摘橘子，掐豌豆头

　　早晨，八九点钟光景，婆婆挎个铁丝篮，里面放了剪刀、钩刀、小铁锹，准备到田里去弄回蔬菜。

　　我照例乐颠乐颠地跟了去。

　　才刚走到庄子前面东西向的大路，先生表妹从对面过来，推着小孩车，车内是她的外孙，九个月大、圆圆脸、一见人就咧开嘴笑、哈喇子直掉的小朋友。

　　"回去，回去，到你家去玩会儿！"表妹是快人快语，一连声对我们说道。

　　婆婆先笑眯眯地转了头，我也跟着转了头。进了我们家院子，把小孩从儿童车里抱出来，个个大人都来逗小孩。

　　儿童车把手上挂一只小包，小包里放着手机，手机里循环放着儿歌。表妹说，二十四小时放不停，他睡着也放。

　　表妹带来了她自制的柿饼。表妹、表妹夫喜欢种果树，经常我们回到家，发现家里有冬枣、白果、柿子，一问，婆婆都说，是表妹送来的。

我看柿饼黑啾啾的，比焦糖色还黑，不是平时见到的那种红黄色、外面裹一层白霜的样子，讶异，问道："怎么这颜色？"

表妹笑呵呵地说道："我削了皮直接晒的，没有把柿子皮捂在上面，就没有霜。"

表妹一贯能干，农村人说的，有嘴有手。表妹夫是部队复员的，一样地勤快能干，这两口子把小日子过得红红火火，我看了是羡慕不已。

他们家房子，建得特别宽敞，二层，高门大院。房子后面就是广阔的农田。因此，从他家里，尤其站在二楼看出去，那视野，不免叫人感慨。春夏满目绿野，秋冬七彩满目。

玩了一会儿后，表妹说，走，到我家去掐豌豆头，摘橘子去。

到了表妹家后面的田地里，呵呵，真是进了农家蔬菜大观园。这一方地长的蒲公英，正盈盈地开了许多白色小球花；那一方长的野荠菜，挨挨挤挤；这一方长的大蒜、莴苣、大白菜……能想到的蔬菜，应有尽有。在这片蔬菜地包围的中间那段，围起来的一片较为广阔的地里，长了一棵枣树、一棵柿子树、一棵橘子树。看得出，都长有好几年了，树身高，树冠大。

橘子树上的橘子，个头挺大。表妹说，结得可多了，不晓得怎么这么肯结的，摘了好多次了。边说边拿把大剪刀，咔嚓、咔嚓，剪下一颗又一颗橙红色的橘子。

为什么要用网子围起来？当然是防止邻居来摘。不围起来，一脚就进来了，一脚又跨出去了，出了这块地，那心里上就觉得没事了。

当然，围起来，也是只挡君子不挡小人。围起来心理上起到了警戒作用。毕竟都是邻居，哪个好意思做那明目张胆的偷摘事儿。

片刻功夫，剪下的橘子装满了一袋子，又转到别的地儿去掐豌豆头。也是一小块见方的地方。这些蔬菜地再过去，就是大河，河边就系着船，因此下河就可以捕鱼捞虾。

庄子上许多人家都基本过着这样的生活。临水而居，既享受田园之食，又享受河水之食。同时，因为这里工业发达，因此许多人有着三重身份，既是农民，又是工人，同时还是渔民。

第五辑　远方的山水，激扬久别重逢的欣喜

孔圣文化粗印象

今天，参观游览孔圣文化，有几点印象很深。

一是万仞宫墙开门仪式表演，春秋文化栩栩呈现于眼前。

大概每天（尤其旅游旺季）游孔圣文化都由此仪式开始。

先是"武将"出场，继是古装红衣女子（大概代表文官）出场，最后是一男性文官领群样的人物以及一男一女两名白衣领舞者出场。男武官轮番表演射箭、舞大旗，威仪振振。文官则是轮番列队及翩翩起舞，纤柔隽永。

我想，这些参演人员，大概是本地歌舞团的吧。对于我这样不曾多看的人，倒是十分羡慕他们，希望自己也能参与这项表演。因为身为其中一员，得以展示优秀传统文化的机会，也是值得骄傲的一件事。

对了，在这些人物出场前，应该是在宫墙上方，有八名士兵模样的人物，站立在高墙上头。一位文官人物，居中大声朗诵，欢迎四方来宾，然后八名卫士吹长号（号柄很长，似有两米左右），礼诵完毕，这才开启城门，依次走出上述"文武官员"。

整场仪式大概十分钟，游客便可进去观游了。

二是仪式前一位国学老师上的课，引发我好好读史，读《论语》《诗经》等国学经典的强烈欲望。

在开城仪式前，有一位国学老师先给我们讲了一课。他讲的是此城墙的来历以及为何叫"万仞宫墙"。

讲到孔子的伟大，有多伟大？他不直接给出答案，而是先从他的学生有多了不起说起。于是讲了善辩的子贡的故事。子贡本是养牛人，但那时牛值钱啊，因此，他相当于当今的"大土豪"。同时他口才特别好。当时齐国要攻打鲁国，孔子为解鲁国之危，派子贡出使齐国。结果他游说得齐国放弃攻打鲁国，转而攻打吴国；又游说得吴国允许越国投降，再游说得越王勾践顺从吴王。以一人之功，三寸之舌，改变了四五个国家的历史。

就是这样一位可以左右各国命运的人，却认为"如果说自己的才学有三仞高的话，那么老师（孔子）就有万仞"。

国学老师讲得绘声绘色，我听得连连赞佩，原来历史这么精彩，真应该去读一读。

其实，过去也读过这些历史，但当时没觉着有这么精彩，印象也就没有如此深刻。因此，文化能否得到传承，与"会不会讲故事"有很大关系。当然，即使书中所写不如这位老师讲得精彩，还是要去看，看出其中的门道来。这样，才会感受到历史的魅力和绝妙。

三是《论语》《诗经》原来要这样读才能读得懂啊。

万仞宫墙前给我们上课的国学老师，后来在我们参观孔府时又给我们讲了约十分钟。这次讲的是《论语》和《诗经》。我觉得对我们增加对这两本书的了解，提高阅读兴趣及学会如何去读它们，都有很大的帮助。

他说，这两本书，每本都有内在的逻辑，必须由前向后读，才能读出其真正的意义来，否则就会读不出，甚至读反了。

比如，诗经开篇《关雎》讲的是一个男子应该怎么对待一个女子。而第二篇《归宁》接着是讲一个女子应该学习哪些生活技能。第三篇《螽斯》讲的是夫妇如何相处。一层一层的递进。先有男，后有女，然后才有家。通篇都是这样的逻辑关系。读《诗经》可以懂得如何待人接物、如何学习、如何为官，等等。嘀，真叫人耳目一新，过去还真没听到过呢。

四是孔圣文化地域好广，柏树好多啊。

历代帝王都要加封孔家，因此，孔庙的门一道一道向外扩建，到现在占地三千多亩。我的天啊！

内部建筑以明清时的建筑为多。因为后来的皇帝认为他建的房子水平更高啊。里面龙柱、碑匾许多都是历任皇帝手书、敕造的。真是皇皇大观！

到处是柏树。树身上挂有不同颜色的牌子，分别代表树龄的大小。挂红牌的树龄都在五百年以上，挂蓝牌的是三百年以上。柏树树身七扭八拐，好多中间都蛀空、开裂，又长出许多丑陋的树瘤。柏树四季长青，因此得以广植祠堂、庙宇和坟地。又因不成材，不至被砍伐而得以"长寿"。

满城女孩叫"翠翠"

阳光微暖，春风和煦的上午，我走进凤凰古城。迎面即被那空前的繁华所包裹！雕龙刻凤的古建筑，遍地皆是。民族特色的商铺、琳琅满目的商品，令人眼花缭乱、心驰意迷。又加游人如织，塞满了街市巷道。好一座熙熙攘攘、五彩缤纷、艳丽卓伦的盛都！

这座城里的女孩都叫"翠翠"。源于沈从文的长篇小说《边城》里那个汲取了山水灵气、聪明伶俐、明洁质朴的湘西少女翠翠。"翠翠"穿着苗族盛装，头上、颈上、裙上，全是白花花、亮闪闪的银饰。走起路来，环佩叮当，风闻于耳，如乐流淌，好一道移动的曼妙景致！

吊脚楼上，推开雕花木窗，看沱江两岸，尽是鳞次栉比的吊脚楼。现多作小旅馆。阳台上置放着藤制吊篮，供旅客坐进去，临水观景。江上小木船往来，是泛舟嬉水的人们。远处青山隐隐，成为吊脚楼人家的背景。一座座听雨桥跨江而立，人在看桥，桥也似在看人。

据介绍，唐武后垂拱年间，派兵囤于此城，从而吸引了大批晋商、徽商集于此。此后，兵虽不见了，但商业却是一朝更比一朝繁荣鼎盛。

城中云集商铺千余家，主要卖民服、银器、姜糖。另因本地为苗族人聚居地，苗人又多能歌善舞，谁拉出来都能唱弹几曲，因此，卖葫芦丝、埙、吉他、鼓等乐器的商铺也多，且卖主多为懂行的，现场都在卖弄其货。

凤凰城是个艳丽无比、充满诱惑的城市，它的美丽，文字是道不尽的，得用画来表达，用歌舞来表达。来凤凰城，最好不要跟团，而是携二三好友，直接来此，住上三四天，慢慢地去走、去看、去体会，怕才能了解她的一鳞半爪。

在沈从文故居，听闻他与妻子张兆和的故事，现场有一女子感叹："人家这爱情！"是啊，世间多情且忠贞的男子怕就数沈从文了。曾从慕容素衣写的《忘了去懂你》中，读到张兆和似乎不怎么买沈从文的账，正如最初当胡适对她说"我看沈从文是无可救药地爱上了你"时，她回的一句"我是无可救药地不爱他"一样。因此，总为沈从文觉得遗憾。但在故居中，有一张二人老了时的合照，从中可以看出是相当亲密情深的，心中的这份遗憾似乎得到了些许安慰。

天门山的刺激之旅

今晚中央新闻报道，张家界下雪了，雪后的国家森林公园壮美如画。天门山的游客，站在千米高空的云海边感叹："太漂亮了！"足不出户，带你看天下美景。天门山，带给你的将不只是奇观壮景，而是一场——

刺激之旅

去天门山，导游会告诉你："天门山，不是用来看的，而是用来感受刺激的！"到底是咋样呢？

无论是乘行空中索道，还是徒步穿山溶洞，亦或险探玻璃栈道，坐公交过通天大道，都绝对地让你步步体验心惊肉跳。

世界第一长的索道

天门山索道，据说是世界第一长的索道。且是忽高忽低起伏着、晃动着前行。

初时，感觉还好，因为所过之处的山，多有坡度，且覆盖着茂盛的绿植，因此，视觉上倒不是十分地惊险。让人惊心的地方，当在索道向山峰顶端攀升时。此时眼前不再是绿色的山坡了，而是耸立在云层里的峭壁。你本以为缆车会绕峰而过，但它却偏偏直立着向峰顶升去，且在峰顶处还会哆嗦着顿一顿，无意间你向四周望去，只见白茫茫一片，猛地想起自己是悬挂在一千五百米的高空中，周边只有如汪洋大海一般的云雾。忽生一个念头：要是掉下去……直是叫人胆战心惊，魂丢魄失了。

索道单边行程共半个多小时，这样的山峰要过好几座哪，的确对人的胆量是个不小的考验，所以，一挂缆车坐八人，一抬头，见某人脸色忽地变得煞白那是很正常的。

玩命走玻璃栈道

最惊心的当数过玻璃栈道了，那直叫个：恐怖！恐怖！恐怖！真个是玩命的感觉！

栈道，近山顶部，海拔一千四百米处，空悬于山壁外。走上栈道，一边是难以援手的陡峭山壁，一边是雪涛似的茫茫云雾，时见一座一座的黛色山头，若隐若现于无边无际的云海中。如看向云海那边，或一个不小心，瞥向了脚下，会忽地感觉到自己悬空置身于云海之上，于是，心也惊，胆也战，步子迈不开去了。有的人一走上栈道，就吓得神慌腿抖，眼都不敢睁。有些人好不容易哆嗦着走出栈道，但亦是脸色惨白。至于立马呕吐的，也大有其人。

一家感言

　　事不经历，没有感觉。任谁劝说，也是听不进去的。但凡亲身体验过了，便会真切地感到：出外旅行，是为了增加阅历、亲近大自然的，至于这类惊险刺激的情境吗，还是少感受为佳。毕竟，小命最宝贝！所以让爱探险的勇者去经历，去感受，然后，我们就听他们说说，或者文字里看看，也挺美的，是不？

张家界：千姿百秀有奇峰

去张家界看什么？到核心景区五陵源看三千山峰！奇峰竞秀，直叫你叹为观止。

从各个观景台去欣赏，真个是步步看山峰，峰峰不同姿。看者连连惊艳，只恨无词可赞。

有的地方，数峰成林；有的地方，一座一座的，独立成景。

游者一般先乘"天下第一梯"登上山顶，然后跟着公交车至各景点，俯赏群峰。

当天下第一梯上升一百五十米左右时，透过电梯的玻璃墙壁，外面的山峰便陡然呈现在眼前。而乘客也会突然发现自己竟是悬在千米高空，四周是如刀削斧劈的一座座山峰，下望则是万丈悬崖，不禁都吓得惊叫一声。

如果有恐高症的人是不可以乘坐的，心脏不好的人也是不可乘坐的。

这和索道不同，索道是缓缓地滑行的，给人一个适应过程，而这天梯，却让人突面万仞崖壁，突悬万丈深渊之上，真是要吓个魂失胆落的。

电影《阿凡达》你看过吗？从迷魂台看过去，那一处山峰便是该电影取景之地，其中的"悬浮山"便是该峰群中的一座，通过技术处理造出"悬浮"效果而成。

有一奇特的景致，会给经过者留下深刻难忘的印象。一座"天生桥"，将两座山峰从空中连接起来，真是空前绝后的天下奇观，别地闻所未闻了。见此景，你不免会想：两座山都能够在空中连到一起，人世还有什么愿望实现不了呢？

因此，许多游人都虔诚地从这座桥上走过，到前面山坡上许愿系锁。满桥满山的护栏上都系满了飘着红绸带的锁，寄托了无数人无数的美好心愿！

天子山入口处，会见到一条十分窄细的石台阶，从山下向山上蜿蜒而来，为过去山民上山之径。在石级上方约两人高处，一块大石头卡在两山之间，搭起一座石洞门。这里，是老版电视剧《西游记》"三打白骨精"的取景之地。这块石头被当地人称为"试心石"，据说，不忠的人从下经过时，石块就会掉下来砸他的头。

有一条观峰线路叫"十里画廊"，或坐观光车或沿着边上的栈道边走边看。一路上奇峰频出，往往叫人数也数不清，记也记不住。印象较深的有抱子峰、三姐妹峰及采药老人峰。因其极像、形神毕肖而得以不忘。尤其那夫妇抱子峰，将一家人亲亲密密、其乐融融、团团圆圆的幸福尽显无遗。

夏日捕鱼乐

夏天易发大水，而一发大水，大河的水满了流向小河，小河的水满了流向水沟，这时候，捕鱼的好时机便来了，农村长大的人都见过。

在高水位流向低水位处，拦一道坝，上面斜放着捕鱼的用具（一般是芦苇编成的晒物帘子），水从帘子的缝隙中流走，而随水淌过来的白花花的鱼儿就在帘子上乱蹦乱跳着，捕鱼人都高兴坏了。

一次上南京，恰逢一场暴雨。大雨中，又见到这种捕鱼的场景。只不过，这次可不是农家人捕鱼，而是一群大学生捕鱼。也不是水沟里捕鱼，而是在大路上捕鱼。

所到的地方为大学城的一所高校及周边。那地方地势真是低啊，一场雨，满目所及就都成一片汪洋了，到处大水横流。

河面水位全部高出平地，哗哗啦啦地往大路上淌。房子在水里，树在水里，行人在水里，小车子在水里。那硬顶着雨而开的小车，划开了高过人头的白色水浪。

走进一处校园内，见大路上一群大学生正在嬉戏、奔走着，又弯腰在水里双手去捂着什么。走近了看，原来他们正在追逐着鱼儿。有几条鲫鱼像小箭艇一样，急速摆动着身子拼命地仓皇逃窜。

再前面不远处，另有七八个同学，在与这条路呈丁字型的路头上，用蚊帐作"网"拦在低水位处等鱼，而迎着此路看过去，偌大的网球场，整个成了一片海洋了。

后来到了晚上，仍见到不少大学生打着手电筒在网球"河"里抓鱼。可见他们感受到了多大的乐趣。而这份抓鱼的记忆，日后也会成为他们大学生活里的趣忆之一，难以忘记吧！

还有一种捕鱼乐，是小时候农村里要抗旱，抽水机将大河里的水抽进挖好的圆形池塘里，然后再顺着沟渠分送到四面八方的田块里。

随着笃笃的抽水声，白花花的水欢跳着进入池中。这时，有不少鱼也就沉在池坑里了。用网子下去一捞，就能收获一网子欢蹦乱跳的鱼儿了。

吃在山东：丰盛的大盘菜，有一点震撼！

随一个团队去山东。一般我们外出旅游，导游都先打招呼："在外面，只求吃饱，不要指望吃好。"

可第一次去山东，这种"在外面一定吃不好"的观念就被颠覆了。

这日中午，我们进路边饭店吃饭。大巴停在一处平房前。抬头看，门楣上一块牌子"俏江南"。

进去，别有洞天。

沿石阶下去半截，进入一个透明封顶的天井。很宽敞，内用假植物及一树假花装饰，倒也有人家夏天院落的休闲适意感。

由南向北，左手是刚才的平房。进去，是用雕花格子屏风隔出的一个一个小隔间。

我们一行人选好一个小隔间坐定。菜开始一盘一盘的上，都是大盘，菜的分量那叫一个相当足。

有两道菜让我印象深刻。

一是石锅炒鸡蛋。一只黑色石盘子端上来，里面有几块咖啡色的鹅卵石。服务员把一小碗打好的鸡蛋往锅里一倒，哧啦直响，蛋液就鼓起来。用铲子翻炒，没两下，一盘金黄的炒蛋便呈现在眼前。诱惑得人直抻筷子，顾不上斯文了。一旁的人打趣，别把石头吃了。

另一道菜严格意义上不是菜，是馒头。山东面食多，馒头特别好吃。饭前大家就念叨，到了山东一定要吃馒头。于是，馒头一上来，大家就一抢而空。这馒头，形状可不像"馒头"，倒像是"人身果"，或者说像佛像。还第一次见这种怪形状的馒头（不知道当地人是否也叫它"馒头"）。

因为我们是行进中的，因此，晚饭便到了另一地儿的另一家饭店。对了，这里到底是孔孟之乡，进了饭店，有一大特色，进门处都是书橱。中午那家，放的全是佛教书籍。晚上这家饭店，摆放的则全是史学类，且尽是精装的大部头，如《中国宰相大全》《中国皇后大全》等，都是上中下三卷。刚开始，我以为是假的、装饰的，拿下来一看，哎呀，是真货。而且纸页有被多次翻过的感觉：发黄，发绒，发软。

晚上的菜，比中午还丰盛。

大家一边吃，一边感叹比中午的好！一边感叹太多了，不能吃，会胖的。又禁不住诱惑，吃到撑。这回照例有馒头，形状上是真馒头样。

我们所在厅的服务员是个十七八岁的小男生，挺麻利周到的。一边拿个古色古香的瓷茶壶，不停地给我们的小瓷杯里斟茶；一边快速地上菜，报菜名。吃得快完时，他拿来一支笔，让我们留下意见。大家异口同声说着，叫我负责写下来：菜色丰富，味道极好，品相好看，服务上乘。哈哈。

然后，我们鱼贯出厅。

每走出一个人，小伙子便对着深鞠一躬，唱诺："感谢光临。"那腰岂不要弯断了！我忽然明白为什么一些国家有给服务生小费的习俗。因为优质的服务，让你觉得被极度尊重，然后你就有了要给小费的冲动，觉得不如此不足以表达自己的开心和感谢。

她说，窑湾我以前真小看它了

南有周庄，北有窑湾。

十一月的周日，我随漫城户外团来到窑湾。

窑湾地处江苏徐州新沂西南边缘，西依京杭大运河，东临骆马湖，老沂河穿镇而过。为唐时建镇，因建窑烧砖而得名。距今已越一千三百余载。

到达前，头脑中掠过一些古镇的影子，泰州的溱潼、东台的安丰、福州的嵩口……总觉得毕竟是一个镇子，一眼便能望到头，几步便能走完。无非是卖些吃的、玩的，千篇一律，家家铺面，大同小异。

然而，窑湾让我观念反转。从这巷转那巷，倒似走迷宫，让我有些找不着北的感觉。虽不及凤凰古镇的规模宏大，但人气旺盛、市井繁华，却有七八分的相似。

行走于窑湾古镇上，凭直觉去触摸千年古运河文化的神与韵。

概因三面环水，依河傍湖，故见鱼虾满市。每隔几步便是卖炸小鱼、虾饼及水产干货的，且价格不贵。脚下长桶内放着用葱、椒等作料腌好的新鲜大白条，只等游客点了享用。我先生特想吃，但因游人如潮，店家根本招呼不过来，最后，只好流着哈喇子离开，带走万般缠绵的念想。

又多见卖茶缸的，特大号的、常见规格的、小酒杯大小的，应有尽有。底色以白色居多，也有七彩的。我买了小酒杯大小的一组六只。商家要价三十元，还价到二十五元成交。到家把玩，越瞧越觉着可爱有趣。

牛皮糖大概也是当地一大特产，每走过三两家便见到卖此物的铺面。家家有个简易小机器，咯嗒、咯嗒响，快速地切着糖块或糕片。铺面上都搁有供游客品尝的零散糖块，觉得好吃的，便买了袋封的带走。

邳县豆瓣酱全国有名，但沿街卖的并不多。偶见几家卖酱油的。古迹有赵信隆酱园店，当门对联挺有意思：黑酱自黑非墨染，甜油微甜是蜜香。读着直叫人美味肠转，生出买两瓶带回家的欲望。可惜不便携带，也是远游的一大遗憾。虽然日后家门前可买到，却是没了那份情味。可见吃食物，不仅吃其本味，还吃它的文化味儿，才会觉得意蕴无穷。

行经"会馆巷"，见到门楣上方"山西会馆"等字样的建筑，再联想起此前走过的那些毗邻的古民居，眼前不由浮现出商贾云集、人流熙熙的景象。窑湾古为商业重镇之貌，由此依稀可见。

在千年古镇上看见一座高耸入云的天主教堂，也是洋洋大观了。它让窑湾古镇更添独特之处。也无声地告诉今人，古镇的辉煌历史。这座哥特式建筑始建于1909年，曾有德、法、意、荷等籍神职人员历任神甫。

古镇看点纷呈。八百多间古民居群，二十多处商会馆、古庙、碑亭、古桥等人文自然景观，作为匆匆而过的游客，我只能和它粗略地打个照面，终不能"一日看尽长安花"。

同行的一位朋友说，窑湾出乎她的意料，以前真是小看它了，没想到竟然是这么大的一个古镇，有着那么巍巍泱泱的历史沿革，真不容小觑啊。她的这种想法，可谓是与我心有戚戚焉！

185

雨中徒步神仙居

近年好像时兴周末户外徒步。经朋友邀请，十月的一个周末，我也登了神仙居。

神仙居位于浙江仙居县白塔镇。读过李白那首《梦游天姥吟留别》便会认识它，因为"天姥山"是它的古名。

这日清晨，下起了雨。看来到底是神仙居，有灵性。因为领队说，看神仙居，最好是雨天。

果然，到得大门口，抬头便见数座灵秀的峰头，在灰蒙蒙的云雾缭绕中，若隐若现，恰似群仙出没明灭中，引得游客纷纷惊叹："真像仙境！"

进入神仙居，右侧便是盘山栈道。栈道上人流如织，栈道旁景致奇秀，时时木石迎面相迎，断续溪流淙淙奏曲。

约二十分钟后，便到了南天索道。此处是分水岭。有乘索道上山的，有继续沿栈道徒步前行的。我和几个伙伴选择了后者。

经过此次徒步上山，我充分领略了爬山的意义。

过去乘坐观光缆车，从空中飘过，景色一掠而过，留下的印象往往极模糊,过后回想,似乎什么也没看到,便抱怨旅游没意思。

爬山固然很累,但一路与各样奇异的风景面对面,累有所值。当登上山顶时,特别自豪的感觉也油然而生,无形中增强了自信。

最明显的收获是忽然发现,忘却了烦恼,身心特别快乐与舒适。我先生此前对旅游了无兴趣。这回硬被拉来,结果却给人生观来了个彻底反转。回程的车上就说:"下次还出来。"到家后的几天都处于兴奋中,多次感慨:"以后有机会就去徒步。"

爬山歇息喘口气的间隙,抬头看向山腰间盘旋向上的栈道,有同伴感慨:"古时候没有栈道,李白是如何爬上山的?"就有同伴说,李白只是"梦游",我们今天才真正"身登青云梯"。是的,脚下的"六道"栈道,全部在数百米的高空上。

上到山来,一座长一百二十米的索桥兀然连接在八百米海拔的悬崖上,远远看去,如一条凌空白练。走在上面,叫人体验了一把"玩的就是心跳"的感觉。

过了索桥,便开始下山。但因有了栈道,又不时有奇景相伴,因此,根本不是"上山容易下山难",相反感觉特别轻松畅快。

途遇一个小男孩,大概四岁左右,与我们逆行而上。擦肩而过时,他被一级砖阶绊倒。只见他不慌不忙,没事人似地爬起来继续向前。脱口感叹:"这么小的孩子竟来爬山!"一旁的家长听了,骄傲地说:"我们家都爬了几年了!"越发令我惊叹不已。

约莫二十分钟,来到北海索道。我们由此乘索道下山。一会儿便直降至山下,这面的风景就一点也没看到了。

同行者中,有一位已退休的游客,很了不得。因下雨,考虑安全及节约时间,登山前,领队反复提醒大家最好乘索道。因此,不少人上下山全乘索道,少部分人下山乘索道,只有他一人,全程徒步。而他,还是那么大年纪。

当他准时与大家会合时,我觉得好像唯有他才算真正登过了神仙居。

走过公盂岩的那条山间小道

　　金秋十月，我参加了一次徒步登山的活动。
　　登山前，我很担心，会不会登不上去？纵然上去了，又会不会下不去？因为我久不运动，且近段时间，膝盖疼得有些厉害。
　　早晨七点三十分，我便跟随团队到达登山出发点。有过登山经验的人，可把我批评得不轻。鞋子不对，没穿登山鞋；衣服不对，风衣爬山时易挂住。我也看了下，不少人，装备可齐全了，帽子、手套、登山杖、护膝，可谓全副武装。
　　名叫"骆驼"的领队，给大家讲了一番登山杖的使用方法后，大家便开始向山上进发了。
　　山路很窄，有些地方很陡，仅可容一人通过。一边是山侧，一边就是悬崖。若是向下看，是会生出恐惧来的。所以，我尽量只看向眼前的路，不往崖侧看。
　　走到一处地方，长着大片高耸入云的山毛竹，其中紧靠山路边上的一棵，被一块大山石压在下面，它硬生生地从石头底下钻出来，然后再抬头向云天笔直地长去。同行者都惊叹这毛竹生命力太伟大了。我也满是感动，竟然生出应该像这竹子一样坚毅地生活的心志。

过去常听说山茶花，今天是真看见了。不是我平时见到的那种硕大的花朵，也不是那些艳丽的颜色。竟是小小的白花，花瓣质地如羊脂玉一般。树上结的果子叫油茶果，有野无花果那般大，挺好玩，我忍不住摘了几颗带回来。

我们登的山叫公盂岩。上到九百米高处，有个原生态的村落叫公盂村。村民家房屋都由泥石木搭建而成，屋顶盖的是黑色的小瓦，古村落风貌完好地保持着。几户人家合围成一个院落。我们就在这里午餐。骆驼说，一般周末，一户村民会接待几十桌人的游客。

我们就餐的那家，就两老人，都有七十多岁了。老奶奶烧菜，老爹爹上菜，忙得不亦乐乎。浑然不是老人，倒似壮年。游客都夸老人精神好，感叹到底山里环境好，人可健康长寿。我去厨房看了，一口大铁锅，像过去农村猪场煮猪食的那么大。菜都是山味。第一道上了一钢锅鸡汤，大家喝第一口都惊呼："好鲜啊。"一碗不够，又让老爹爹再加些。老爹爹竟笑哈哈地给加了。大家也纷纷说："从来没吃过这么鲜嫩的鸡肉。"那些山竹笋、山香菇，一端上来，很快就被一扫而空。

公盂岩的最高处叫公盂背，须由此村落继续向上攀登才可到达。据说有一段路十分陡峭，几近垂直，须拉着绳子才可上下。有不少人没敢去攀，我便是其中的一个。

公盂村落的民房有两层，二楼用于作民宿，一楼则像汽车库一般，是开放式的。室内墙上、屋梁上悬挂下各色的旗子，为先前的旅游队所留下。好像在向后来者宣示"到此一游"的豪气。上有各种签名及话语，其中一面上写了这么一句："老爸是头猪"。大家都猜大概是谁家孩子留下的。

享受了山野美味后，便开始下山。都说上山容易下山难，我心里不免又打鼓，可别出洋相下不了。骆驼提醒大家系紧鞋带，这样可防止下山时脚向前"钻"。

刚开始，咦，觉得好像不是那么回事嘛，甚至比上山省劲哩。可是，走着走着，遇到陡峭的地方，真的不好对付了。有时，我干脆坐下来，手脚并用，向前"坐行"；有时，反身双手撑着山坡或石头台阶，倒爬向后退着下山。有不少这样的路段走得着实辛苦，样子也不好看。

但走到山下时，则为这一番探险而异常兴奋，所以感觉特别快乐。同行者看到山下的民房时，都惊喜地高呼："到了！"成功的喜悦掩抑不住。

我虽然膝盖疼，但走得还不是最慢的。同组有四位美女落在后面。她们主要是享受登山的乐趣而慢了。她们一路行，一路拍照，赏景，喊山，唱歌。能这样恣意纵情地登山，也真是很幸福了。上山时，我也喊山。因骆驼说，平时有什么压抑苦闷，都可以喊掉。谁平时还没个焦虑烦恼的，于是，放开来大喊。这边喊，那边便有人应。呵呵，感觉压力喊出去了，人轻松舒畅了。

走近山下时，遇到一位老爹爹在刨山芋。问他多大了，说八十三。嗯，看上去一点不像。脸色比我还好哩，红润润的。山芋比我们平时看到的个头要小，样子也"漂亮"得多，外皮红艳艳的，充满光泽。我对老爹爹说："给我一个小山芋吧。"他竟然拣了一个中等个头的给我。呵呵。

不仅享受了"山珍"，晚饭时，还享受了一道独特的美味——杨梅泡酒。这可是这边山区人家自制的。喝一口，浓郁的杨梅香与酒的清香，满口扩散。

四月山东：故事无人听，山花勾人魂

2019年4月8日，车过山东。无意中从车窗看出去，见外面大片大片的桃花和大片大片的白花！

为什么说是"白花"，不直接说某种花，因为，有的是梨花，有的却不像梨花。

"会不会是樱桃花？"同伴问，又似忽然想起地说："或者苹果花？苹果花也是白色的。"

我却疑问，樱桃是红色的，会不会花也呈红色？像桃子是红的，花就是红的；梨子是绿的，花才是白色的。李子是红色的，花就是粉色的，并不是纯白。

同伴也不确信了。

到处都是花！

路边山坳平地里开出一片一片的，远处山坡上开出一片一片的，人家屋后前院里，也被一树一树的花围满了。说实在的，真是桃花源里人家。当看到有的山路，斜斜地上坡，通往人家时，我竟冒出：啊，要是沿着那山路走一走，什么感觉？好惬意啊，好像一步一步走向仙境瑶台。难怪古代传说中的蓬莱、瀛洲等神仙居住的地方，我印象中好像就是在山东一带。

这边桃花好似比我们那边开得迟，我们那里三月份时，我和朋友去盐渎公园玩，就见花已谢，绿叶满枝。而这里的桃花正盛开。让人想起白居易的那句诗，我想借用一下，并改成"平原四月芳菲尽，山地桃花始盛开"。

我们在一处广场下车。入广场的上坡道路，两旁的海棠花、迎春花，不知名的粉色的花，雪白的流苏花，开得特别热烈。召集人一遍一遍地招呼大家到广场集中，可是，怎么也喊不走被花吸引的人们。不单是女生爱花，好多男生更疯狂，在花前流连，驻足欣赏，拍照，议论着花。带队老师的讲解，也顾不上去听。

毫不夸张地说，果是"故事无人听，山花勾人魂"的景况！

竹泉村的竹，红石寨的酒

四月，去山东。

上天晚上，领队反复强调，明天要看两个景区，时间比较长，大概下午一点半才能吃饭，因此，大家早饭要多吃点，尽量吃些干货，以防到时肚子唱"空城计"。

结果，当日一出发，天公不作美，风狂雨骤。领队在车上就统计多少人没带伞。好家伙，有五十人呢，总数的三分之二。

下车进第一个景区竹泉村时，伞买了，大家撑着伞走进雨中。

此山上有一泉。高位有水，说明水量充沛，因此，竹子长得很茂盛。村因此得名竹泉。

沿着青石板路，踏过磨盘路，走过半米高的木栈道，穿竹林而行，走过一座座山石墙的草房，感觉确是新奇。第一次和这样原生态的房子、这样青翠茂密的竹林近距离接触，对于从平原地带而来的我们，真是一饱眼福了。

竹子，径粗在两厘米左右，颜色特别鲜绿。

有人感叹，在此打打牌，钓钓鱼，喝点小酒，真个舒服。大家就议论开了，说这是老年人的理想，年轻人可不想被困在一方天地中，他们更喜欢走出去，过冒险、挑战、打拼的生活。

进竹泉村，有不少人嫌风大，雨大，寒冷，不肯下车。我一个同伴也犹豫，要退回去，被我劝了出来。我说，来了，未必看到什么，但不看，可能会后悔。

谁想人生有悔呢？于是，她进了村。但最后还是慨叹，打着伞，遮住视线，又只顾着脚下，所以景也没怎么看到。

的确是有这份遗憾，风雨中让我们没法领略竹泉村的全貌，只作了模糊的、零星的观赏，但这也是一种特别的体验，绝对会胜过躲在车里的。

受风雨影响，在竹泉村逗留的时间很短。经过村中心街时，家家关门，摊位都用防雨布挡着，因此，"山中逛街"这一环就免了，出来得就早。

第二景点是红石寨。山上石头是红的，房子都是用此红石砌的，故名。这次，下车拟前往看的人就更少了，差点儿全员"罢观"。后有四五位勇者冲进了雨中，再后来，大概有人做了动员，又来了十几人。

山上房子还是非常有特色的，红墙黛瓦。厚重，气势巍然。

走到尽头时，本来有几项古老玩乐项目，也因下雨而关停，因此，我们早早便折回头。

唯一可以让游客与寨中人互动的是一家酒庄，队伍中有人进去品酒（我没遇着）。有一人买了一瓶带到车上，并带回与人数相同的一次性小酒杯，一人尝一点。哎，粮食酒，色泽稠厚微黄。入口后几种味道在口腔里轮番释放，最后喉咙里火辣辣的。一会儿全身暖和了。哎呀，明白人们为什么称酒为美酒了，的确芳香醇美，叫人醉！尤其这寒雨天气，来一两杯这酒，确是有些快活似神仙的感觉。

由于两处景点都草草而过，我们集中出发时才十点半，离下午一点半还有整整三小时呢！由担心会"很迟"，变成了另一个极端的"太早！"

世事难料，更难料的是走向了完全的反面。哈哈！

走，看李中水上森林公园去

　　李中水上森林公园是兴化的一个景点。在回老家的路上，数度想去，都未能成行。

　　知道李中，先是一次弟媳去，回来后对我说："值得去看。"后是一位朋友，把去过的照片给我看，烟雾缭绕的水上森林，恍如仙境，确是令人心生向往。

　　一次回老家途中，说好了绕道过去，玩过了再回家。结果，还没到李中，先生接到电话，他爸妈在距此不远的亲戚家，于是，转去亲戚家，李中之行泡汤。

　　这周六下午回老家，先生大概对上次没能去成李中，觉得亏欠了我，因此，说周日上午就返回，打李中玩过了再回家。我一听，十分开心。可是同样高兴早了。

　　到家不久，和老人还没说上两句话。接到单位电话，周日上午八点半开会，推荐干部。于是，当天就赶回了家。不但李中去不成了，连着开车，人还累了个够呛。

第二天上午推荐会结束得早，接下来的时间干吗呢？先生问我，我没立即回答他。心里在盘算着，怎样让这多出来的半天，不会像白开水般地度过？

　　于是，我想到了数度没有去成的李中，提议不如就去。于是，分分钟上路了。先生感慨："真来了次说走就走的旅行。"

　　路上，我心想，今天人肯定不多。因为是阴天，且等我们到达应是下午了。景点游人高峰期一般都在上午。

　　然而，出发地是阴天，下了高速就发现阳光很灿烂。没想到的是，到了传说中的水上森林公园门口，还有一个意外惊喜在等着我们：今天是世界旅游日，门票免费。呵呵，赚了。

　　水上森林公园里全部是杉树，看上去，杉树年份都不小了，差不多可以用"参天大树"来形容吧。

　　林中一种白色的体型比较大的鸟儿特别多。满林都是鸟儿的叫声。鸟儿不时从树梢间飞过，给地面投下巨大的翅膀的阴影。

　　路面以及树下小作物的叶子上，都是斑斑的白色鸟粪。走在路上，不时看到鸟的身影，但被树挡住了，看不到全貌，更没法拍得到。而隔河远望时，则会发现树的上方停满了密密麻麻的白色的鸟，好像是开了满树的白色花儿。

　　虽然称是水上森林，但并没有感受到从朋友照片中看到的烟雾缥缈的感觉。对这其中的原因，我是不得而知，十分困惑。

　　出了森林公园，不喜欢旅游的先生说，没多大意思。

　　哈，过去也听人家讲，旅游景点"不去后悔，去了更后悔"。其实也不是这样，关键看你带着什么样的心情，和谁一起去，在什么情况下去的，尤其能不能感受到意思。

　　水上森林公园就面积、就林木的茂密、就建在水上等这些因素而言，已经是很神奇的了。况且走在林中，那种舒心也是别的地方所没有的。

正如先生边走边感叹的："空气真好！"

而且对我们来说，另一种收获是，某年某月某日，我们两个因为心血来潮，便圆了一直以来的心想之旅。更有因为这一次的旅程，这一天将被我们记住，在将来的某天，别的日子可能都被忘记了，而这一天，我们却可以用来回忆，用来讲起许多经历。

到时我们一定会抢着说，那公园的树怎么那么多，那么高大。初时先生还说，那些树"肯定是从别的地方移植过来的"，到后来看到泡在水中的巨大的树根说，"看来这些树有年头了，不是移植过来的"。

我们还会抢着说，怎么有那么多巨大的鸟儿。从天上飞过，我想拍下来，却总拍不到时，先生说，"因为鸟儿飞得太快了！"

我们还会抢着说，可能因为是周日，许多家长带了孩子来玩，大大小小的，孩子特别多。有十几岁的，有搂在手里的，有还坐在小推车里的。

我们还会抢着说，那些路的名字好奇怪，才走的叫钓鱼路，接着叫钓海路，又接着叫钓岸路……想来，毕竟兴化是有名的鱼米之乡，是很多垂钓爱好者的天堂。

最后，我们还会抢着说，我们是因为什么情况要去李中的，如何来了一趟说走就走的旅行的……

呵呵，一次旅程，有几个意思？多了去了，都在景色之外。